9'50
137

Simón, no; Saimon

Jorge Gamero

Simón, no; Saimon

ALFAGUARA

ALFAGUARA

www.librosalfaguarajuvenil.com

Torrelaguna, 60. 28043 Madrid
Teléfono: 91 744 90 60

Segunda edición: abril de 2012

ISBN: 978-84-204-1134-7
Depósito legal: M-17.137-2012
Printed in Spain – Impreso en España por
Rógar, S. A., Navalcarnero (Madrid)

Maquetación: Javier Barbado

Imagen de cubierta: Getty Images

SANTILLANA

Para todos los profesores de secundaria que he conocido a lo largo de mi trayectoria profesional.

A ellos les debo gran parte de lo que sé de su compleja y apasionante profesión.

Especialmente a Cèsar Alegre, mediador de conflictos irresolubles.

A Carmen Dulanto, profesora de Historia primero y maestra de la vida después, y ya para siempre.

A José Ángel Cilleruelo, Javier Sebastián, Eugenio Asensio, María Carme Roca, Nuria del Peso, Estrella Molina y a Lluís Biarnès, por haber seguido la evolución de Saimon.

A Eusebio Lara, por sus sabios consejos y su impagable complicidad.

A Enric Juan Redal, mi maestro editorial, por ser imprescindible en mi carrera.

A Olga Moreso y Viviana Romegialli, por conseguir que 620 kilómetros de distancia no se noten. Y al resto de mis compañeros en Barcelona, por los muchos años de trabajo en común compartidos.

A mis hijos Àlex y Júlia, alumnos de secundaria, que han soportado con nota que los observara como padre y como escritor.

A mis padres, que me enseñaron entre otras cosas, el respeto.

A mi mujer Salvi y a Roger Vidal, porque sin ellos no habría amor y amistad.

A Pedro José Sánchez Mir, por ser tan incondicional. Quizás, porque no se atreve a ver el escritor que lleva dentro y se conforma conmigo.

A Roberto Calpe y Alberto Lana de Speedler Informática S.L., por salvarme el disco duro a tiempo, a ellos también se les puede pedir responsabilidades.

Y por encima de todo, a los Saimon que tropiecen con este libro, a los que espero pueda servirles de algo.

PRIMERA PARTE

Capítulo 1

SER PROFESOR

Ser profesor era cada vez más difícil. Entraba en clase y tardaba más de diez minutos en imponer un mínimo de orden y silencio. Quedarse unos momentos callado frente al grupo a esperar si dejaban de hablar, ya no servía de nada.

—Eh, *chssss,* ¿qué tal el finde? ¿Te comiste algo?

—¡Qué va tío! Es una mierda eso del horario joven de la disco. Hasta las once o las doce no te da tiempo de nada...

—Yo me fui después a casa de Sebas, no veas, había tías de *bachi*...

Hasta que Ángel no tenía más remedio que imponer, triste verbo, el silencio necesario para empezar su clase.

—Bueno, chicos, ¿cuándo creéis que podemos empezar la clase? Tenéis tiempo en el recreo para contaros el fin de semana. Tú, Dani, apaga el teléfono inmediatamente. Venga, silencio. ¡Por favor!

Algunos pocos alumnos de la primera fila mostraban algo de interés y lo miraban con un gesto de resignación ante sus dificultades para convencer a los demás de que dejaran de incordiar. El resto murmuraba desde la retaguardia.

—Ya está el Angelito... que si solo nos interesa la fiesta...

—No, si te parece nos va a interesar más la primera Guerra Mundial...

—¡Qué plasta de tío!

Cuando terminaba la hora de clase, cinco minutos antes de lo debido con la misma algarabía y el barullo del inicio, Ángel se hacía una vez más la misma pregunta: qué hacer para que les pudiera interesar su asignatura. Reconocía no haber transmitido los contenidos mínimos exigidos en los planes de estudios y se sentía víctima y cómplice de un fraude profesional.

Podía resignarse, tirar la toalla, dar el partido por perdido cuando aún queda tiempo por delante. O mirar para otro lado y dejarse llevar por la indiferencia, vacunarse con ella frente a la desilusión. Pero algo se lo impedía, era incapaz de engañarse a sí mismo. Pero sus alumnos, se lo ponían muy difícil.

—¿Has visto cómo venía hoy de *motivao el profe...?*

—Dice que hará lo que haga falta para que nos interese la historia...

—No le quedan *sopas...*

Y no solo estaba la desmotivación de los alumnos, la dejadez de la administración o la desorientación de sus colegas profesores y de él mismo, a Ángel también le sacaba de quicio la opinión de algunos sectores de la sociedad sobre su profesión. La gente que pensaba que ellos trabajaban poco, que vivían muy bien, que tenían demasiadas vacaciones y que cobraban mucho dinero. Siempre eran los mismos, los que caían en la crítica fácil y achacaban a los profesores el creciente fracaso escolar, sin mirarse a sí mismos, a los medios de comunicación, al cambio de valores, la cultura del pelotazo en lugar de la del esfuerzo. Los mismos que, quizás sin saberlo, ponían a los chicos como víctimas del sistema educativo.

A veces, a la hora de la salida, en hora punta, tenían que abrirse camino entre aquellos alumnos gallitos y desafiantes que esperaban un poco para retar a algún alumno novato, o más débil, o a algún profesor al que le tuvieran tirria, con la supuesta impunidad que les otorgaba el estar fuera de clase.

—Deja pasar al profe, *tontolaba*... —le decía alguien a algún compañero que estiraba las piernas obstaculizando el pasillo de salida—, o te va a poner un parte...

—Venga, id hacia casa que seguro que tenéis deberes —decía el profesor en cuestión.

—Deberes —decían entre dientes y por lo bajo—, siempre con los deberes, a tomar por saco, vamos a echar unos partidos con la Play...

—Yo no, tío, ayer mi madre me castigó sin Internet y seguro que tengo mogollón de notificaciones en el *feisbuc*...

***

Apenas llevaban un mes y medio de curso cuando Ángel, una de esas muchas tardes en que se sentaba con César en el Truman, un pequeño y acogedor bar del pueblo, a tomar un café o unas cervezas, dependía del estado de ánimo, le confesó por primera vez estar siendo víctima del miedo. Empezó diciéndole que el instituto necesitaba un mediador de conflictos, que el psicólogo no les servía de gran cosa. César, su mejor amigo y compañero de departamento hacía años, había oído hablar antes de ese cargo, pero no sabía mucho al respecto. Lo que sí vio claro desde el principio es que Ángel estaba preocupado, cada vez más nervioso a medida que iba desplegando su catálogo de las carencias que, a su juicio, tenían en su profesión para combatir el desencanto general. César lo conocía muy bien, así que fue dejando que hablara y se desahogase, le pidió otra cerveza, y lo escuchó atentamente. «Algunos están deseando delinquir, hacer daño, hacernos pagar su falta de confianza en su futuro...». Cruzar los largos pasillos del instituto en el cambio de clases o para iniciar la media hora de recreo era una aventura ensordecedora. Veía a los pequeños de los primeros cursos, algunos demasiado pequeños al lado del resto, con su arrinconamiento y sus caras asustadas; a las chicas, cuya sexualidad florecía y se exhibía sin demasiado recato tras camisetas muy cortas y ceñidas y falditas por debajo del inicio de las bragas. Había, como siempre hubo, corrillos de chicos y chicas, y algún solitario que se apartaba buscando la invisibilidad. Y algunos de esos corrillos, en los últimos tiempos, habían cambiado sus nacionalidades de origen, sus razas y sus actitudes sociales. Ahora había grupos de musulmanes, de orientales y de sudamericanos, que no solían mezclarse, y desperdigados entre aquel pequeño universo, rumanos, ucranianos, rusos y de otros países del este de Europa. Ángel avanzaba por el pasillo escuchando todo tipo de improperios que se lanzaban entre ellos, alguna bromita que pretendía provocarlo a él y sobre todo chillidos enarbolando insultos de toda clase.

Nueva aula, nueva clase, nuevo grupo y la misma historia: diez minutos de incordio, impertinencias, bolas de papel de plata volando de lado a lado y su planta de celador de prisiones reclamando atención.

Por lo demás, como otras veces, Ángel le hizo un repaso de factores con los que estaban absolutamente de acuerdo. Que el director no cogía el toro por los cuernos y miraba para otro lado cuando algún profesor le contaba lo que pasaba en algunas clases; que Esmeralda, la psicopedagoga, no podía atender a todos los casos, sin contar que muchos chicos se negaban y, lo que era peor, algunos padres no aceptaban que sus hijos necesitaban ayuda psicológica; que el centro tenía tantas carencias materiales que apenas podían plantearse hacer ciertas actividades en condiciones óptimas, algunas tan simples como ver una película sin que la mal llamada sala de audiovisuales –ahora que las pizarras digitales empezaban a tomar las aulas– estuviera solicitada por tres profesores al mismo tiempo; que los mismos colegas, imbuidos de un individualismo protector, llegaran al centro, intentaran dar sus clases, terminaran, marcharan a toda prisa, no aportaran ideas en los claustros; que algunos cogieran cuantas más bajas mejor y se convirtieran en unos desconocidos. Con los sustitutos aún resultaba razonable, porque al fin y al cabo no iban a estar mucho tiempo y la mayoría no se implicaba en la mejora del centro, pero con los colegas veteranos era distinto. A Ángel le costaba sobrellevar el cambio en algunos de ellos. Gente como Maribel, la profesora de Ciencias, que siempre estaba proponiendo salidas para conocer lugares de valor educativo y traía sus pedruscos y sus bichos para que todo el mundo pudiera verlos, sobre todo los alumnos; o como Mariano, el de Mates, que traía juegos matemáticos ante el escepticismo de la mayoría en la sala de profesores, pero que finalmente conseguía engancharlos a todos y divertirlos; como Lola, la de Literatura, que siempre les recomendaba lecturas extraordinarias y ahora aparecía y desaparecía con la velocidad del rayo; como Margarita, la catedrática de Griego, a la que tanto le gustaba el teatro y que no solo les servía de cartelera crítica, sino que tiempo atrás había montado exitosas obras de final de curso con la participación de alumnos e incluso algún profesor. A Margarita, que se le había ido ajando la sonrisa de antaño, se le iluminaban los ojos cuando recordaba al exalumno Gabriel Mendoza, quien ya había participado en dos películas de éxito. Empezaba a ser la retahíla de siempre pero César, que conocía muy bien a Ángel, de repente, cogiéndolo desprevenido le preguntó:

—¿Es que te ha pasado algo que no sepa?

—No, nada especial...

Como la respuesta no convenció a César, insistió en la pregunta, de otra manera, cambiando la estrategia, solo él sabía sonsacarle a Ángel lo que escondían sus silencios y sus momentos de ausencia en el instituto.

—Tú mismo, al final acabarás contándomelo.

—Es que no hay mucho que contar.

—Entonces ¿por qué me dices que haría falta un mediador de conflictos y me cuentas todo lo que me has contado?

—No me ha pasado nada concreto.

—Bueno, pues ¿te pasa algo a ti?

—Es una sensación que no había tenido nunca...

—¿Qué sensación? ¿Que estás hasta las narices de todo? ¿Como yo? ¿Como tantos profes?

—No, es algo peor, más complejo, es una sensación de miedo.

—¿Miedo? ¿Miedo de qué?

—A entrar en clase, por culpa de los alumnos de siempre.

—¿Quieres decir que tienes miedo de algún alumno?

—Más o menos. Me da un poco de vergüenza decirte esto, lo hago porque eres tú.

—A la porra la vergüenza, somos amigos hace muchos años, será peor tener miedo y no poder desahogarte, ¿no?

—Claro.

—¿Y de qué o de quién tienes miedo?

—El otro día estaba dando las notas del último examen de la evaluación, bueno, daba el examen uno a uno, las notas ya no las canto en público como antes, ya sabes que muchos no quieren que se sepan, una tontería porque al final da lo mismo. Hasta en eso hemos claudicado. Cuando se terminó la hora, Simón, que ahora se ha emperrado en que lo llamen en inglés, o sea Saimon, que dice que *mola* más, vino hasta mi mesa mientras iba vaciándose el aula, quería hablar conmigo un momento pero venía con su actitud de siempre. Mirándote alzando la barbilla, con las manos en los bolsillos de atrás o gesticulando como un rapero. Me dijo que estaba hasta los cojones de mí, a lo que de entrada ni siquiera le repliqué; que por qué le había puesto un tres... Yo le dije que no lo suspendía porque yo quisiera y que todo dependía de él, y que solo le pedía que hiciera un pequeño esfuerzo, y que si esto, y que si lo otro, lo de siempre, ya sabes... Entonces me levanté de la silla y él no se apartó, al contrario, se me acercó un palmo como amenazándome. Le pregunté si quería algo más. «Sí», me dijo, «aún no he acabado contigo». Noté su aliento a tabaco. «Yo no hago nada aquí, estoy hasta los huevos de la mierda del insti, tengo mucho que hacer ahí fuera». Yo, en un tono conciliador, le dije que lo sabía, que no dependía de mí, que si por mí fuera, lo dejaría marchar, pero que la ley le obligaba a terminar cuarto curso. Lo que no debí preguntarle quizás es que por qué entonces se tomaba tan mal el suspenso, sabes que todo se lo toman a la defensiva... Empezó a alzar la voz y a acercarse aún más, casi escupiéndome, y me dijo: «¿Me estás vacilando, profe? ¿Tú me vas a vacilar a mí?». César, te juro que me acojoné de verdad. Hice todo lo que pude para calmarlo. Le dije que esa no era mi intención, que quería decirle que si de verdad quería acabar la secundaria de una vez, no se preocupara por un suspenso. Entonces vi a Mariano en el pasillo frente a la puerta. Se quedó parado, sin querer entrar. Debió suponer que pasaba algo, pero yo hubiera agradecido que entrara para darme una coartada y se quedó allí, no fue capaz de echarme una mano.

—Quizás creyó que era mejor no interrumpir. Solo tú sabías cómo te estaba hablando Saimon...

—Pero ¿qué dices? ¡Lo tenía a un palmo de mi cara, prácticamente acosándome! Y el aula ya estaba vacía, solo quedábamos Saimon y yo.

—Bueno, cálmate. ¿Y cómo acabó la conversación?

—Le dije que ya estaba bien, que había quedado todo claro, que Mariano tenía que entrar para dar Mates. Y a esa altura de la escena ya había alumnos frente al aula, con Mariano, que seguía esperando a que yo saliera. Entonces, antes de poder esquivarlo, puso su frente contra la mía y no pude evitarlo, me empujó con un golpe seco contra la pizarra y me dijo: «Tranqui, ya nos veremos tú y yo por la calle». Somos unos cobardes, me avergüenzo de mí mismo. Estaba tan acojonado que todavía fui tan imbécil de pedirle que no se lo tomara así, era casi como una súplica, como quien pide clemencia. Que no se lo tomara así... Seré idiota, el tío me estaba insultando y amenazando y yo todavía le pido que lo olvide todo. Pero cuando se daba la vuelta a mi súplica disfrazada de buen rollo él ya me había contestado con una de sus coletillas favoritas: «Que te pires, *pringao*».

César calló unos instantes sin saber qué decir, con cara circunspecta, valorando una respuesta que fue tan pobre y obligada por el guión como un:

—¿Y, después, qué ha pasado?

—Hace una semana que no viene a clase aunque se le ha visto por ahí, merodeando por el edificio... y como tutor no he tenido más remedio que enviarle una nota a sus padres.

—Bien, has hecho lo que debías, ¿no?

—Sí, supongo.

—¿Entonces? ¿Por qué no lo olvidas ya?

—Porque ahora, no puedo remediarlo, el miedo me acompaña fuera del instituto. Me han desinflado las ruedas del coche ya dos veces, voy por la calle y temo encontrármelo y que me increpe...

—Vamos a ver, Ángel, todos tenemos alumnos así, no es una novedad; los que no quieren estudiar tienen comportamientos parecidos, deberías restarle transcendencia al tema, o lo que quizás sea peor, acostumbrarte y pasar de ellos...

—Pasar de ellos... eso no dignifica nuestra profesión.

—De acuerdo, llámalo sobrevivir, y ocúpate de los que quieren aprender.

—Sí, supongo que es así de fácil, pero me cuesta...

En esos momentos sonó el móvil de César, era su mujer, Olga, que lo llamaba para recordarle que tenían que ir a comprar juntos. César se despidió de Ángel dándole ánimos e invitándole a seguir la conversación en los próximos días. Al salir del Truman pensó que lo peor del miedo no era ser consciente de él, eso ya era un punto de partida para superarlo, sino que los alumnos lo vieran en tu mirada, porque ellos, en su rebeldía innata, siempre eran más fuertes que uno mismo, más fuertes y más indefensos al mismo tiempo. Algo difícil de explicar.

Y Ángel se quedó allí solo, y mientras hojeaba un periódico del día anterior, pensaba en tirar la toalla pasando de todo, pero no sabía cómo se hacía eso. Pensaba en resignarse, o aún peor, pensaba en sí mismo como si fuera el personaje de una película que quiere acabar con todo, como un suicida que piensa: será un momento, perder la mirada en el brillo metálico y simétrico de dos raíles y dejarse caer al pasar el tren...

Pero todo eso equivalía a aceptar una derrota, a descartar la posibilidad, aunque pareciera remota, de una solución a su angustia.

Capítulo 2

SAIMON

César, sin embargo, había conseguido sobrevivir al desánimo general. A costa de arrinconar las ilusiones, pero no aún la utopía de concienciar a algún alumno del valor del estudio y del esfuerzo para convertirse en adulto con capacidad crítica, y ser dueño de sí mismo. A veces, tenía esa ilusión cuando algún chaval venía a contarle que había leído un periódico y había tomado una posición sobre cualquier tema de actualidad. Pero pronto se desvanecía esa ilusión hasta convertirse en espejismo cuando el mismo chaval afirmaba estar esperando la mayoría de edad para hacer lo posible por entrar en la casa de Gran Hermano. El argumento era de una simplicidad aplastante, se haría famoso en cuatro días, ganaría una pasta gansa en los programas de la tele y a vivir... Otras veces creía adivinar más interés por el estudio en algún otro alumno que se apartaba del conjunto, pero la mayoría de las veces ese aislamiento no era más que un mecanismo de defensa ante un entorno al que temía. Uno de estos alumnos le dijo una vez que no entendía su trabajo de profesor, no valía la pena esforzarse en enseñar lo que a nadie le importaba un bledo. César intentó hacerle ver su error y todo lo más que consiguió fue que reconociera que algunos, «muy pocos, los pelotas, los *empanaos* o las niñatas», dijo el chico en una rápida catalogación, «se interesaran por aprender. Hasta Bart Simpson lo dice, profe, *no way man*», apostilló el joven. No hay salida, no hay solución, no hay camino posible... cualquier traducción era igual de trágica.

***

A Ángel las conversaciones con su compañero César le resultaban balsámicas, le servían para reflexionar y levantar sus ánimos.

Coincidiendo con ese renovado sentido de la responsabilidad para afrontar sus obligaciones, Matías, el jefe de estudios, lo abordó a la mañana siguiente para sugerirle que actuara en el caso de Saimon. No podía ser que llevara toda una semana sin aparecer por el instituto. ¿Había llamado ya a los padres para hablar con ellos? ¿Sabía algo del chico? ¿Los motivos de la ausencia? Y mintió en todo menos en una cosa. Dijo haber llamado a su casa varias veces y negó saber por qué no había venido los últimos días. Lo que sí era cierto es que había enviado una nota a sus padres a través de Saimon pero aún no tenía respuesta, así que lo más probable es que la nota no llegara a su destino. Dijo también que había pensado hablar con Camilo, el mejor amigo de Saimon, para ver qué podía averiguar. Entonces, al terminar la clase con el grupo de cuarto C, Ángel le pidió a Camilo que se quedara un rato para hablar con él. Aceptó a regañadientes, porque empezaba la hora del recreo, pero Ángel le dijo que podía ir comiéndose el bocadillo y lo invitó a una coca-cola.

—¿Sabes algo de Saimon y por qué hace días que no viene?

—Lo veo en la calle, profe, como siempre...

—¿Pero te ha dicho si va a venir mañana?

—Y yo qué sé... Él vacila de que pasa de venir, pasa del insti.

—Ya, pero no puede tirarse el resto del curso así...

—Y a mí qué me dices, habla con sus padres.

Por una vez, Ángel se sentía avergonzado ante la paradoja de que un alumno le dijera lo que tenía que hacer y aún no había hecho, aunque el chico añadió algo:

—Total, a su padre le da lo mismo...

—¿Cómo que le da lo mismo? No puede ser. Sus padres querrán que esté aquí y no por ahí callejeando.

—Se supone. ¿Has terminado ya, profe...? Yo no tengo nada que hacer en esto, se va a terminar la media hora del recreo...

—Sí que puedes hacer algo por mí, y sobre todo por él. Dile cuando lo veas que si viene mañana no hará falta llamar a sus padres. Digamos que quedará entre nosotros por esta vez. Por favor.

—Vale, profe, pero ya lo conoces; además, eso de por esta vez... Saimon no funciona con amenazas, tú mismo...

Otra vez, Ángel sentía haber metido la pata.

—Bueno, Camilo, es una forma de hablar. Tú pídele por favor que vuelva y hablemos. ¿Cuento contigo?

—Ok, pero me subirá la nota, ¿no? Es una broma profe. Y gracias por la coca-cola. La próxima, un cubata.

Ángel salió del aula y se fue a la sala de profesores a tomar su café matinal. Apenas había tres o cuatro colegas. A la mayoría de ellos, como a los alumnos, el recreo les servía de tregua y de pequeña evasión de media hora por lo que muchos, y él también, salían a desayunar fuera del centro a algunos de los bares que sobrevivían gracias al instituto. Ahora ya no quedaba más que un cuarto de hora después de su conversación con Camilo, así que decidió matar esos quince minutos tomando el café en el instituto. Lola leía uno de sus libros de ensayo literario, Maribel comía su bocadillo vegetal hojeando el diario y Antonio se paseaba por diferentes webs de lo suyo, el deporte. A Antonio, el profesor de Educación física, su corpulencia y el estar tan en forma le ayudaban a sobrellevar mejor la indisciplina. Lo malo es que se jactaba de ello y aún no se había dado cuenta de que su físico no era ningún crédito de por vida, como comprobaría más tarde. «Cuando alguno se me pone chulo, me acerco, lo miro a dos dedos de su nariz y le digo: o colaboras o te pongo a hacer flexiones hasta que te cagues». Algún colega le reía la gracia, bien por envidia o por ignorancia, pero otros, como César, pensaban que no era la mejor manera de enfrentarse a un alumno.

Apenas acababa de sonar con estrépito carcelario el timbre que anunciaba el tránsito del recreo a una nueva clase, cuando vino un estruendo mayor de golpes, gritos y de una multitud curiosa a llenar el vestíbulo principal. Ángel y sus colegas salieron de la sala de profesores para ver qué ocurría. Lo que vieron fue cómo Susana, una alumna de segundo curso, entraba dándole patadas a los bancos, a las papeleras, descolgando una de la pared, arrancando papeles de los tablones y gritando que la dejaran en paz, que estaba harta de ser la oveja negra, decía. Tras ella venían Esteban, el profesor de Biología a quien le había tocado cubrir la guardia del recreo, sendos corrillos de alumnos que por su disposición parecían defender unos y censurar otros lo que debía de haber hecho Susana, y detrás de todos ellos, otra alumna, Vanessa, que solía estar en medio de muchos de los fregados que tenían como tema único los complejos físicos, la apariencia, la vestimenta y los jueguecitos amorosos con los chicos. Al parecer, por la actitud seria, de resentida y perdonavidas de Vanessa, el problema había sido entre Susana y ella. Finalmente, Esteban consiguió calmar, casi reducir a Susana y otros profesores lograron dispersar el animado y curioso tumulto de alumnos que jaleaban la escena, no por cotidiana, menos penosa. Matías salió de su despacho cuando ya había menguado el follón y tras hablar brevemente con Esteban, entraron de nuevo en su despacho junto con Susana y Vanessa.

Ángel se fue a dar su siguiente clase con los de segundo de bachillerato, lo que era una suerte y un pequeño paréntesis en medio de la crispación habitual. Sencillamente porque entre los alumnos de bachillerato había una media respetable de chicos interesados en aprender, a las puertas de salir a enfrentarse al mundo como estaban. Y eso siempre reconfortaba a cualquier profesor.

No pudo resistir la tentación de preguntar a los alumnos, al iniciar la clase, si alguien sabía qué había ocurrido con Susana y Vanessa. Respondió Álex, uno de sus alumnos más listos.

—Lo de siempre, Ángel: tú eres gorda y fea. No, tú lo eres más... Están en la edad del pavo.

—Bueno, perdonad. Vamos a lo nuestro. Ayer estábamos en el análisis de los cambios económicos y sociales que empezaron a experimentarse a principios del siglo diecinueve...

***

Al mediodía, comiendo con algunos colegas, como su amigo César, Luis, Maribel, que era la tutora de Susana, Esteban y Mariano, Ángel pensó que su alumno Álex tenía razón. Ahora que sabía lo que había pasado, sabía que, efectivamente, era lo de siempre: la agresividad como respuesta a la insatisfacción de dos adolescentes, muy alejadas del prototipo de belleza que dictaba la sociedad. Menudo diagnóstico. Sus colegas, y él, tenían que reconocerlo, a menudo decían y creían tener muy claro dónde estaban los males de sus alumnos. El problema es que se sentían tristemente incapacitados para darles una solución. Al final siempre acababan en profundas divagaciones sin salida y una feroz crítica al sistema, o en soluciones utópicas que nadie se atrevía a liderar.

Susana era una chica de catorce años poco agraciada y con una peligrosa tendencia a engordar, y Vanessa casi igualaba ese perfil, con la diferencia de que el nivel económico de su familia, ligeramente superior, le permitía vestir mejor y pagarse alimentos de régimen, aunque además, y en honor a la verdad, había que decir que era algo más guapa. Pero por encima de todo esto, la mezcla explosiva la completaba el hecho de que Susana era impulsiva y violenta y Vanessa era más sutil y calculadora. La primera odiaba y envidiaba a la segunda, que a su vez veía en la primera al prototipo físico al que jamás quería llegar a parecerse. Un conflicto nada original que algunos compañeros de ambas se encargaban de avivar. La crueldad de la adolescencia. Y como bien había dicho Álex, empezaron con sus piques habituales hasta acabar en bronca. El problema era que Susana había atentado contra el mobiliario y la convivencia del instituto y eso le iba a costar una nueva falta, acercándose peligrosamente a la amenaza de una nueva expulsión temporal, además de una nota a sus padres.

Maribel dijo que ya había hablado muchas veces con Susana pero que se sentía impotente. No había manera de calmarla y hacerla entrar en razón, que se interesase por otras cosas. Decía que se acostaba demasiado tarde, que no se concentraba en nada, que era un lastre en sus clases, para acabar con la pena. «Es que me da tanta pena esa chica», era su comentario final, como si la compasión la eximiera a ella y a otros profesores de ser capaces de hacer algo más por sus alumnos. Pero lo más dramático para Susana y su familia, y también para Maribel y todos los profesores, era el contenido y el tono de una carta que la madre de la chica le envió a ella como tutora después de la primera expulsión. En dicha carta, quedaba claro un objetivo desesperado: la madre, una humilde asistenta de hogar, confesaba haber sido superada por la situación y hablaba de la educación de su hija como una carga y suplicaba que la aguantasen en el instituto, que ella no podía hacerlo sola. Afirmaba que si el instituto le daba la espalda, su hija iba a estar perdida. El tono de la carta era dramático y representaba un ejemplo de lo que debía ocurrir con otras familias. Su lectura en privado con algunos colegas, como César y Ángel, causó impresión, aunque también estaba en manos de Esmeralda, la psicopedagoga del instituto, que se quejaba siempre, con razón, de no dar abasto con la cantidad de casos de indisciplina, falta de atención y adaptaciones curriculares como tenía que atender.

En los postres coincidieron en que si el clima no mejoraba antes de acabar el primer trimestre, qué iba a ser en plena primavera, y si el equipo docente no tomaba medidas, no les iba a extrañar que se convocara un consejo escolar extraordinario antes de la primera evaluación.

***

Un día, de repente, llegó un nuevo alumno, negro como el tizón, procedente de Senegal. Hubo que colocarlo en una de esas aulas de acogida para recién llegados que no tenían idea del idioma. Al principio fue víctima de las típicas bromas insultantes de algunos, acompañadas de sonidos guturales que pretendían imitar los chillidos de los monos y cosas así. Poco a poco fue adoptado por los cuatro subsaharianos que ya había en el centro, y cuando empezó a hacerse entender tímidamente, lo primero que César recordaba que dijo fue algo así como: «Yo, negrito bueno, yo no malo, solo quiere trabajar para comer». Palabras que eran más bien una súplica y una declaración vital de intenciones, que recordaban las necesidades de los inmigrantes españoles de la posguerra. Palabras que seguramente habían sido inculcadas por su familia antes que aprendidas en el instituto, porque a Nguema, poco le importaban el teorema de Pitágoras, las funciones del lenguaje o la toma de la Bastilla. A Nguema solo le importaba sobrevivir en un mundo bárbaro.

***

Dos días más tarde Ángel aún no tenía noticias de Saimon y su alumno Camilo tampoco le pudo dar su recado, así que actuó siguiendo el protocolo correspondiente en un tutor: llamar por teléfono, mandar un sms o un correo electrónico a sus padres comunicando la ausencia continuada de su hijo. Se pasó la mañana intentándolo entre clase y clase, en el recreo, hasta que llegando el mediodía consiguió hablar con la madre. Le preguntó si sabía que su hijo llevaba una semana faltando a clase. La madre contestó que no, y el resto fue una retahíla de quejas dichas en voz alta sin dejar hablar a Ángel. Que iba a acabar con ella, que no podía más, que su hijo decía que él lo que quería era trabajar, pero que cuando su padre le proponía ir a ayudarlo por las tardes siempre buscaba excusas para escaquearse, que no podía decírselo a su padre o le daría otra paliza —comentario que Ángel seleccionó en su mente como significativo— y que ya no sabía qué hacer con él. Que su hijo no era malo, solo que tenía *muy mala cabeza*... Ángel, al final del monólogo desesperado, le sugirió, temiendo por la integridad de su alumno, pero disimulando también su temor cobarde frente a su reacción, que hablara ella sola con el chico antes de decirle nada al padre, y le dijera que tenía ganas de verlo y hablar con él, como amigos. La mujer, atolondrada, le contestó que bueno, que ya vería. Pero esa tarde Ángel se encontró, o mejor dicho, fue encontrado por Saimon en el pueblo.

Ángel salía de la librería Folio, una de las pocas que había en el pueblo, a la que había ido a buscar un mapa mudo para utilizar al día siguiente en clase. En la puerta se encontró con la sorpresa. Saimon lo estaba esperando apoyado sobre el respaldo de un banco. Con los brazos estirados a ambos lados en una pose chulesca. Su estética era la habitual entre los chicos de su edad: camiseta, camisa por encima con el cuello alzado y las mangas y la pechera sin abotonar, pantalones tejanos grandotes y caídos y las deportivas multicolores también sin acordonar. Siempre llevaba el pelo en punta conducido por la inseparable gomina, su *piercing* en el labio inferior y un iPod en el bolsillo del pantalón conectado a unos auriculares pequeños que se perdían en sus oídos. Saimon tenía los ojos de color miel claro y una mirada penetrante y habitualmente ceñuda, como si siempre estuviera de mal humor y con la que en esos momentos, con un tono desafiante, lo invitaba a tomar una caña. «¿No quería hablar con él "como amigos"? Pues él, con los amigos tomaba cañas», dijo irónico. Ángel dedujo sorprendido que debían de haberlo seguido desde la salida del instituto pues, a pocos metros, dos jóvenes aparentemente mayores que Saimon escuchaban la conversación desde un coche aparcado delante con las ventanillas bajadas. Cuando iniciaron el camino hasta un pequeño bar, oyó cómo uno de sus amigos decía desde el coche entre risitas: «Dele, dele fuerte, profe, que está empanao». A Ángel la invitación le resultó una grata sorpresa, aunque hacía esfuerzos por disimular su nerviosismo. Lo primero que le preguntó fue si había hablado con su madre. «Eso es lo que tú querías, ¿no?», respondió Saimon. El bar era uno de esos de barrio al que los trabajadores van a jugar a cartas y dominó mientras se hinchan a botellines de cerveza y discuten acaloradamente sobre fútbol. Se sentaron en una mesa y pidieron dos cervezas.

—Y bien, tú dirás...

—¿Yo? Eso tú, que eres el que vas de poli llamando a mis padres...

—Saimon, yo solo he cumplido con mi obligación, soy tu tutor y no puede ser que te pases una semana sin venir a clase sin justificación.

—Pues si mi padre se entera me cae una gorda, ¿sabes?

—No tiene por qué. Además, le sugerí a tu madre que hablara ella primero contigo. Ahora déjate de eso y prométeme que volverás al insti, yo ya he olvidado lo del otro día.

—Yo no te prometo nada, iré si quiero, total, para qué...

—Pues para cumplir con tu obligación y al menos llenar el tiempo con algo que te aporta cosas positivas.

—¿Cosas positivas?

—Sí, aprender, mejorar, salir del instituto el año que viene con una preparación...

—Qué plastas que sois los profes, colega, con la preparación. ¿Para qué? ¿Pero es que me ves en la universidad? No me jodas...

—No, claro, si no haces bachillerato no puedes ir, ni falta que te hace. Puedes hacer otras muchas cosas, pero, sobre todo, tener unos conocimientos mínimos para que nadie te engañe cuando vayas a buscarte la vida.

—¿Engañarme? Tú no me conoces, a mí no me engaña nadie, ¿vale? ¿Me tomas por idiota o qué? Ya sé suficiente para buscarme la vida yo...

—De acuerdo, nadie dice que no seas muy listo, pero precisamente por eso, ¿sabes que para cualquier trabajo te van a pedir un certificado de estudios?

—O no, o qué más da, de todos modos me lo darán, a otros peores que yo se lo dieron al terminar cuarto —en eso el chico tenía razón.

—Puede ser, ¿pero no sería mejor que consiguieras el graduado? Eso te abriría más puertas, ¿no crees?

—Sí, claro, suspendiendo todas menos las marías... como tú, que me cateaste en primero, el año pasado y seguirás cateándome todo lo que te dé la gana.

Saimon se terminó la primera caña y pidió otra. Se le notaba con ganas de llegar a alguna parte al tiempo que el alcohol lo iba envalentonando.

—¿Otra caña? ¿No es demasiado alcohol para tu edad?

Saimon se rio a carcajadas.

—¿Demasiado alcohol? No tienes ni puta idea... además, ya tengo dieciséis años...

—Bueno, tú sabrás, era un consejo, tampoco me puedo meter en lo que haces en tu tiempo libre... Decías que volveré a catearte, ¿no?

—Pues claro...

—Si lo hago no es porque quiera. Los que hacen un esfuerzo por aprobar merecen un respeto, si te aprobara porque sí, ¿qué dirían los demás?

—Exacto, como hacen algunos profes con alguno que no da ni golpe...

Ángel pensó que eso podía haber ocurrido alguna vez, pero no podía reconocerlo, así que cambió la estrategia.

—Pues para no importarte nada si te aprobamos o no, le das muchas vueltas, ¿no?

—Si me importa es por mi padre, que luego me da la bulla y me jode con sus sermones y sus castigos, no me da un duro y tengo que buscarme la vida.

—¿Buscarte la vida? ¿Haces algún trabajo esporádico?

—Sí, claro...

Aunque la respuesta le resultó ambigua y vio que Saimon no quería dar más detalles, Ángel no quiso entrar en el tema y en cambio quiso ir concluyendo la conversación.

—Bueno, mañana ven al instituto antes de que el equipo directivo intervenga y compórtate, solo te pido eso. Haz lo que puedas en las clases, en tus trabajos y por mi parte te echaré una mano... ¿Te parece?

Entonces, Saimon reaccionó con una respuesta agresiva, como si no pudiera aceptar pacto alguno, como si lo que le decía su tutor le sonara a chantaje, como si no estuviera acostumbrado a que nadie le diera un voto de confianza. Apretando los dientes, incorporándose y cogiendo los cantos de la mesa con ambas manos, sentenció:

—Iré al insti cuando me dé la gana, yo no voy a cambiar porque ni tú ni nadie me va a solucionar la vida, y cuando vaya, no me vengas con chulerías y menos en público. Así que si quieres que tengamos la fiesta en paz, déjame tranquilo y no me toques los cojones. Ah, y paga las cañas, que tú sí que tienes pasta.

Ángel apenas hizo un gesto, mezcla de aprobación y resignación, sin decir nada más, al tiempo que veía cómo Saimon se levantaba de la silla y salía del bar. Lo miró cruzar la calle, con un caminar enérgico, desenvuelto, el de alguien que sabe lo que quiere en la vida y temió no volver a tener otra oportunidad como aquella para conseguir llevar una brizna de razón a la actitud de su alumno.

Capítulo 3

CONSEJO ESCOLAR EXTRAORDINARIO

Solo solían convocarse uno o dos consejos escolares a lo largo de un curso normal. Pero esta vez era diferente, había muchos temas conflictivos sobre la mesa, como la nariz rota de Antonio por un cabezazo de Sebas, un alumno forzudo de cuarto. El hecho se había producido hacía unos días en clase de Educación física, y se vivía una situación general enrarecida que merecía, por una vez, un consejo extraordinario. Este consejo fue sugerido por algunos profesores a Alonso, el director, y a Matías, el jefe de estudios. Empezó el director dando la bienvenida y el orden del día, con su tono protocolario habitual, alargando demasiado las convenciones y ralentizando el momento de ir al grano, de atacar el meollo de la cuestión, que no era otra que un inicio de curso más convulso de lo habitual, en especial con los grupos de tercero y cuarto. Un inicio de curso con demasiadas ausencias injustificadas de algunos alumnos, pensaban sobre todo en Saimon si bien nadie quería personalizar; agresiones verbales continuas entre alumnos y, lo que era más grave, de algunos alumnos hacia profesores, y, en general, un ambiente de crispación que debía atajarse antes de convertirse en un desestabilizador de la convivencia normal del instituto. La preocupación del claustro por estas cuestiones desplazaba a otros temas más habituales en este tipo de consejos, como podían ser las reivindicaciones del profesorado frente a nuevas disposiciones de la administración y que afectaran a horarios, contratación de interinos, congelación o recortes en los sueldos, etc. Por eso era interesante también que hubiera representantes municipales, del colectivo de padres y del de los alumnos. Así no se instalaba la injusta idea de algunos sectores de la sociedad en el sentido de que a los profesores solo les interesaban los sueldos o si trabajaban más o menos horas. La eterna demagogia de siempre, pensaban. En este caso, lo único que les importaba era lo que podían hacer para mejorar el clima y la convivencia del instituto.

A Alonso y Matías les costaba reconocer la gravedad de la situación, seguramente porque no querían generar una preocupación excesiva entre los padres. Siempre ha habido problemas y hasta ahora siempre los hemos solucionado tarde o temprano, decían en el día a día. Así que como se demoraban con temas burocráticos y organizativos o pequeñas cosas como las papeleras destrozadas o alguna flamante pizarra digital manchada con rotuladores de tinta permanente, Esmeralda, impaciente, quiso romper la inercia de una reunión que apuntaba al puro protocolo.

—A ver, ¿podéis decirnos cómo fue lo de Antonio y cómo está él?

Los del equipo directivo le contestaron que se había abierto una investigación ante lo que a priori parecía un accidente en la clase de Educación física y, no sin cierta ironía, que quien quisiera saber cómo estaba Antonio podía llamarlo directamente. Pero algunos se posicionaron claramente hacia una versión más dramática y tajante: lo de Sebas no era sino una agresión con todas las letras. En medio del intenso debate, hasta Alex Álvarez, alumno de bachillerato y representante de los alumnos en el consejo escolar, respondiendo a las preguntas de algunos profesores, reconoció que Sebas y Antonio estaban siempre picados en clase de Educación física. Pero el equipo directivo zanjaba una vez más el tema acogiéndose a la investigación, a la tutoría y a la versión, de momento cautelosa, que diera el primer interesado, como era el profesor, cuando volviera de su baja.

Margarita estaba muy nerviosa a la vez que indignada, y venía dispuesta a poner el dedo en la llaga, ella, a quien ya la habían agredido verbalmente tantas veces sus alumnos en los últimos años. Llegados a este punto hubo unos momentos de barullo generalizado, de conversaciones cruzadas entre unos y otros mientras Alonso pedía silencio para poder continuar con el consejo. César aprovechó esos momentos para preguntarle al oído a Ángel si explicaría públicamente lo que le había pasado con Saimon hacía días. Ángel no contestó, o lo hizo con una mueca de duda, que era como decirle que no se atrevía y que no lo iba a hacer. De hecho, Ángel apenas abrió la boca en el consejo más que cuando se tocó el tema de las ausencias injustificadas de algunos alumnos. Se inició un debate acalorado, que más que un debate ordenado y orientado a conseguir soluciones fue una lista de quejas, de denuncias dichas en voz alta que ilustraban la preocupación de algunos profesores, la frustración de otros ante el desencanto que les producía la profesión. Esmeralda fue una de las más activas dando toda una lección de saber buscar el consenso.

—Está claro que los alumnos cada vez nos respetan menos...

—Y la sociedad en general, los padres nos cargan con responsabilidades que son suyas —añadían algunos ante la mirada de circunstancias del padre de Sergio.

—Seguramente, y también podríamos incluir a la Administración, y al aumento de alumnos de otros países, y a la televisión que no educa más que para la violencia y el éxito a cualquier precio, pero mi obligación como docente es preguntarme qué puedo hacer yo, cómo podemos mejorar la situación desde el centro.

—No estoy de acuerdo —replicó Margarita—, nuestra obligación es transmitirles unos conocimientos, enseñarles unos contenidos y ayudar a su maduración intelectual. Tú tienes una visión distinta como psicóloga, pero es evidente que nosotros no estamos para educarlos, educar es otra cosa cuya responsabilidad recae en la familia.

La mayoría de colegas asentían con sus comentarios a media voz.

—Margarita, no es una cosa o la otra, yo creo que las dos llevamos nuestra parte de razón. La cuestión es que deberíamos ir cambiando el concepto que tenemos de nuestra profesión. Quizás también podamos echar una mano a la sociedad en eso de educarlos.

El padre asistente aprovechó la coartada de esa intervención para defenderse de lo que consideraba un ataque a sus representados.

—Eso, ¿no sería mejor colaborar entre todos? Los padres a veces no sabemos cómo enfocar algunas cosas, los chicos cada vez son más hiperactivos y ustedes tienen una preparación, digo yo...

—Colaborar entre todos... El señor Gutiérrez ha dicho algo clave —intervino Alonso, el director, con ánimo conciliador—. Por eso estamos aquí todos los implicados, señor Gutiérrez, porque como usted dice es una tarea de todos mejorar las cosas y sentarnos a hablar. No sé si no sería más ágil pasar directamente a casos concretos.

Alguien dijo que el tema de Sebas ya era un caso concreto, pero que había otros muchos, quizás más silenciosos o que pasaban más desapercibidos como el de las sistemáticas ausencias a clase de algunos alumnos. De nuevo a la defensiva, Matías dijo que se estaban notificando todas las ausencias y que los tutores, dio por hecho con un mohín de ironía, estarían comunicándoselo a las familias, como era su deber. Pero César quiso ir un poco más allá y cuestionar lo que no era más que un mero mecanismo burocrático.

—Nos alarmamos si algún chico que no quiere estar aquí falta sin avisar, no nos preguntamos por qué falta y nos limitamos a pedirle al tutor que haga de poli y llame a los padres... Es un poco absurdo y contradictorio —dijo César, como quien habla para sí, pero con toda la ironía dirigida con una mirada a Matías.

—Esa es nuestra obligación, César, no entiendo a qué viene ese comentario, o ¿a ti te gustaría que el colegio de tus hijos no te avisara de una situación así? —dijo Matías.

—Sí, claro, pero preferiría saber que les preocupa el motivo de la ausencia, más que la ausencia en sí misma que es lo que le molesta a la Administración, ¿no?

—Si lo dices por las recientes ausencias de Saimon, creo que Ángel ya está en el tema.

Ángel se vio obligado a intervenir y lo hizo sin querer entrar en profundidad.

—Efectivamente, ya hablé con los padres y con él y me ha prometido que volverá... no hay caso en este caso...

Entonces Luis, que aún no había abierto la boca, echó más leña al fuego.

—No insistas, César, es más importante reponer la papelera que rompió Susana el otro día que reponer el interés de Saimon por el instituto...

Alonso empezó a ponerse nervioso y tuvo que contrarrestar el clima de reproches hacia su gestión.

—Vamos a ver, parece que algunos la habéis tomado con nosotros. El equipo directivo hace lo que está en sus manos, con los mecanismos que la Administración nos da, y en lugar de adoptar esa postura de reproches entre nosotros, más valdría tener un espíritu de colaboración, como se decía antes... Además, quien quiera está en su derecho de presentar un nuevo equipo directivo para el próximo curso y someterlo a consejo escolar. Aquí nadie quiere estar por estar, que quede claro... Y lo de Susana, no es la papelera, que también, hemos hablado con su madre, que nos envió una carta, Esmeralda la tiene controlada y nos preocupa de verdad... No sé qué más os puedo decir, estamos desbordados.

Entonces, Esmeralda, de repente puso sobre la mesa lo que sería una de las grandes consecuencias del consejo, algo que por sí solo lo iba a justificar para siempre.

—Matías, aquí todos estamos en la misma línea, no hace falta ponerse en esos extremos y nadie ha insinuado que no os apoyemos como equipo directivo. A lo mejor deberíamos incorporar una nueva figura, una figura que, especialmente para mí, pero creo que para todos los implicados sería de gran utilidad, estoy hablando de un mediador de conflictos. ¿No creéis que ya va siendo hora de que pongamos en marcha un plan de mediación?

—En algunos institutos se ha puesto en práctica —contestó Alonso—, y creo que les funciona muy bien.

—Además, la persona que haga de mediadora debe tener unas cualidades y una implicación muy especial, no es fácil estar en medio de todos los fregados haciendo de árbitro.

A Matías, que debió ver en la idea una solución parcial a sus problemas, le faltó tiempo para agarrarse al clavo ardiendo a la vez que pasaba la pelota a los más críticos.

—Si alguien lo tiene claro y se presenta como candidato, podríamos estudiar el proyecto y aprobarlo. ¿No os parece?

César, que sabía que esa figura nacía del aumento de la indisciplina y desmotivación de los alumnos de secundaria en todo el país, sin haberlo meditado a conciencia se lanzó a la piscina proponiéndose para ser él el mediador. Más tarde reconocería que, en esa decisión repentina, habían tenido mucho que ver las últimas conversaciones con Ángel, su compañero y amigo. El miedo del que le había hablado, así como la atmósfera de apatía e impotencia que se respiraba entre muchos de sus colegas. Así que, demostrando su energía y el estado aún intacto de su vocación profesional, los sorprendió a todos.

—Ya tienes un candidato, Matías. Si nadie más se propone, o incluso si es así, porque podríamos planearlo en equipo, yo me ofrezco para presentar un programa de mediación. Si mi propuesta se acepta estoy dispuesto a ser el mediador del instituto.

Se hizo un breve silencio, que era un síntoma de aprobación, pues suponía una liberación para muchos que alguien se atreviera a dar la cara, y, finalmente, Alonso cerró la subasta del cargo.

—Bien, pues que conste en acta que César Alegría presentará su idea para incorporar esa nueva figura en el instituto.

Algunos felicitaron a César, otros le hicieron pequeños gestos y guiños de aprobación, lo que ya era una demostración de que todos lo veían con capacidad para el reto.

—La verdad, compañeros, es que creo que si funciona, este consejo ya habrá valido la pena... estoy muy contenta —añadió Esmeralda.

Después de casi dos horas y media de consejo, el cansancio y el murmullo iban generalizándose, todos tenían ganas de terminar. Esta vez, aunque quizás no habían encontrado solución para cada uno de los problemas tratados, o se habían quedado otros tantos en el tintero, se respiraba un ligero clima de esperanza ante la idea de la mediación. Solo César, al término de la reunión, sintió con inquietud la responsabilidad, un gran peso sobre sus hombros.

Pero mientras algunos empezaban a levantarse, Alonso tuvo que pedir que la gente se sentara y escuchara dos minutos más algo que tenían que decir. Algo que, y por una vez pareció sensato, esperaba que fuera tan bueno para el instituto como parecía que podía serlo para la alumna protagonista. Muy pocos lo sabían, solo Adela, la profesora de Inglés y tutora de la alumna, la alumna en cuestión, el equipo directivo y un puñado de compañeros de la chica. Al resto del consejo, el asunto le sonaba a chino.

Lolita Méndez, una buena alumna de cuarto curso, había sido seleccionada en los *castings* para participar en la final de un concurso televisivo de moda llamado *Objetivo Éxito.* Ello suponía que iba a faltar a clase a partir de la segunda evaluación, allá por primavera, que toda España la iba a ver por televisión cada semana y que si ganaba el concurso, una productora le financiaría la grabación de un disco, lo que podría darle fama, dinero y, según el programa vendía, una carrera musical.

Hubo risas y comentarios de todo tipo mientras se desalojaba la biblioteca. Al día siguiente no se iba a hablar de otra cosa en el instituto, o quién sabe si durante el resto del curso. A algunos profesores, como Maribel, Esmeralda, Luis, Lola, Ángel o el propio César, y seguramente para muchos más que nunca decían nada, la noticia bomba les pareció una mala noticia. Una mala noticia para la profesión. Un jarro de agua fría. Una pesada losa que iban a compartir con otros alumnos excluidos de la oportunidad de ser importantes. Algunos pensaron en las Susanas y Vanessas de turno y sintieron algo que pocos hubieran entendido: una profunda tristeza.

Capítulo 4

GUERRA FRÍA

Margarita, la catedrática de Griego, una excelente profesora, de una cultura envidiable y con más de treinta años dedicados a la docencia, confesó una mañana haberse apuntado a unos cursos de *marketing* para ver si podía dedicarse a otra cosa. Ese mismo día César compartía guardia con ella y presenció una escena desgraciadamente cotidiana. En uno de los pasillos, la profesora le recriminaba a un alumno de tercero expulsado de clase que no fuera a la sala de guardia a estudiar o hacer los deberes. El chico la increpó a gritos: «Anda, llévame tú si tienes cojones». En ese preciso momento César venía por detrás del alumno y cruzó su mirada con la mirada perpleja y suplicante de la profesora. Entonces César le pasó el brazo por encima del hombro al chico y le invitó amablemente a acompañarlo hasta la sala de guardia. El silencio de la catedrática y la paciencia de César, que le pasaba más de medio metro en estatura, hicieron que el chico, victorioso, aceptara la solución con una falsa docilidad y con complicidad machista. Una vez a solas, César no consiguió más que una retahíla de monosílabos y una calma chicha ante sus argumentos de profesor comprensivo. Pero no pudo convencerlo de su actitud errónea. El profesor que lo había expulsado le tenía manía, evidentemente. Él solo estaba hablando, como todos hacían, con el vecino de al lado.

Pero César, cuando se iba a casa, aún tenía la suerte de desconectar de esa rutina cada vez más pesada. Otros no lo conseguían y necesitaban resfriarse con demasiada frecuencia para tomarse treguas intermitentes y reconstituyentes en forma de bajas de varios días.

***

Pasó más o menos un mes cuando cerca ya de la quietud del invierno, las cosas parecían haberse calmado bastante. César había presentado su proyecto de mediación y empezó a ponerlo en práctica provisionalmente como se había acordado en el consejo escolar. A final de curso, si la experiencia daba buenos resultados, se aprobaría en un nuevo consejo escolar. Antonio volvió al instituto con una pequeña cicatriz en la nariz y el ánimo cambiado, su natural desparpajo y su carácter atrevido se barnizaron de una actitud algo más prudente en su forma de hablar a los alumnos. Afortunadamente para muchos, Sebas acabaría recibiendo un aviso de expulsión y petición de entrevista con sus padres. Se pudieron contrastar, como había apuntado Margarita en el último consejo, las versiones de otros alumnos, que pidieron discreción y hasta protección, como hacen los confidentes en las películas de acción, y que coincidían en que el cabezazo había sido intencionado.

Saimon volvía a clase regularmente e incordiaba lo justo, lo habitual en él, y ahora, en los pasillos o al pasar junto a Ángel, le había dado por llamarlo «hey, amigo», con tono guasón.

Y luego estaba lo de Lolita y el programa de la tele, *Objetivo Éxito.* Ella era el centro del universo, el tema cotidiano del instituto aunque el programa no empezaba hasta el mes de abril y aún quedaba mucho. Se hablaba sobre todo en los recreos, en los que se formaban corrillos de chicas, que miraban a Lolita, unas con la admiración que se le tiene a una futura estrella de la música, y otras, con rabia y celos mal disimulados. Algunos chicos se acercaban también en plan gallito, para presentar sus candidaturas a novio de la estrella de la canción. Entre los profesores, la actitud y manera de enfocar el asunto se había concretado en dos líneas que a menudo constituían un debate paralelo en la sala de profesores, reuniones y desayunos en los bares del barrio. La mayoría se hacía cómplice del tema, y se interesaba por Lolita y los detalles de su participación en el programa con naturalidad. Pero había otro grupo que se mostraba indiferente, incluso que evitaba hablar de ello argumentando que le deseaban lo mejor a Lolita pero que era un tema personal, extraescolar y que no tenían nada que decir, o incluso que no creían en los valores del programa. El debate interno entre los profesores transcendió a los alumnos que rápidamente, con esa gran virtud de catalogación, bautizaron a los primeros como los *loliteros,* y a los segundos directamente como los *raros.*

César y Ángel, en esa aparente calma chicha que se vivía en el instituto, no habían vuelto a hablar de sus cosas, solo en los recreos y en las reuniones soporíferas de profesores sin salir del ámbito estrictamente profesional. César le explicó sus primeros casos de mediación, sencillos, resueltos con cierta facilidad y Ángel no contaba nada especial. Además, hacía mucho tiempo que no quedaban con sus mujeres, Olga y Marta, y con la hija de Ángel, algún fin de semana. Lo habían insinuado pero Ángel se hacía cargo, y era cierto que César había estado especialmente ocupado con el proyecto de mediación, él que no se tomaba nada a medias, sino con toda la seriedad e intensidad posibles. Así que César, aunque aún recordaba su última conversación en el Truman, no sabía nada nuevo sobre el miedo de su amigo.

En medio de esa tranquilidad impostada, pasaron varias pequeñas cosas. Otras no tan pequeñas que tristemente se iban convirtiendo en habituales; y lo peor, algunas que serían silenciadas por el miedo de sus protagonistas, enquistando el conflicto.

***

En la sociedad del éxito rápido, a cualquier precio, y del dinero fácil, ese poder mundial sin rostro, pocas cosas contribuían a mejorar el panorama. Una vez hablaban en clase de los medios de comunicación. César fue preguntando cuántos televisores había en las casas de sus alumnos. La media era de tres por familia. Uno en el comedor, centro neurálgico de la incomunicación familiar; otro en la cocina; y a menudo, otro en sus habitaciones para evitar molestar el entretenimiento de los padres y el litigio encarnizado por el control de la programación televisiva.

Algunos alumnos, ante las risillas de la mayoría, afirmaban ver solo programas de animales, documentales, alguna peli o serie y partidos de fútbol. Otros los tachaban de mentirosos porque no reconocían ver los programas del corazón, los de confesiones privadas, los concursos o las pelis guarras. César les regaló una frase quizás tópica que se le ocurrió de repente: *dime la tele que ves y te diré cómo eres...*, pero que, creía, había servido para hacerles reflexionar. La prueba es que rápidamente hubo una improvisada y jocosa rueda de reconocimientos sinceros. Dani, *el gordito reprimido,* veía las pelis guarras; Estela, *la tía más buena de la clase,* veía algún culebrón, los espacios del corazón y los programas de moda; Sergio, *el empollón,* los documentales, y Camilo, *el más broncas y violento de todos,* las películas de acción, cuanto más sangrientas, mejor. Pero cuando César dijo su lista personal de preferencias y confesó hacer *zapping* para ver fragmentos de telebasura, porque eso le ratificaba en sus gustos y le ayudaba a conocer mejor el mundo en el que vivía y a no estar de espaldas a él, algunos agudizaron su voluntad de ser críticos y reconocieron, a su vez, ver de vez en cuando alguna cosa que se alejaba de su cliché. Así, Dani dijo que él también veía las noticias; Estela, algún programa de salud; Sergio, concursos en los que se ganaba mucho dinero, y Camilo, algún debate sobre temas sociales. Al terminar esa clase, César había conseguido algo inaudito y poco habitual: que la mayoría de chicos hicieran un esfuerzo por profundizar en sus análisis y un ejercicio de sinceridad. Animado por la respuesta, les pidió que le hicieran una redacción en la que cada uno explicara cómo había entendido su frase: «Dime la tele que ves y te diré cómo eres». No tenía mucho que ver con su materia, la historia, aunque ya lo relacionaría de una manera o de otra, pero al menos tenía un valor educativo. Una de las redacciones que mejor resumía el espíritu de los alumnos fue la siguiente:

Pues la frase la entiendo porque dice muy claro lo que quiere decir. Es decir, que cada uno ve la tele según cómo es cada uno. Que si uno solo ve programas del corazón es que es un hortera y que los que solo ven documentales de naturaleza o es que es un empollón o quiere ser veterinario, y que el que solo ve pelis, es que quiere ser actor o director de cine o cámara y cosas de estas que tienen que ver con el séptimo arte. Esto, como ejemplos.

Pero bueno, yo creo haber entendido la intención del profesor con este debate y esta redacción pero no estoy muy de acuerdo con todo esto. Porque creo que no hay que ser tan radicales. Yo, por ejemplo, veo un poco de todo, lo que querría decir que ni soy hortera, ni quiero ser veterinario ni dedicarme al cine. Bueno, también veo partidos del fútbol y sí que me encantaría ser Cristiano Ronaldo o Messi, por ejemplo. Lo que quiero decir es que vale, será verdad que si uno solo ve un tipo de cosas por la tele, lo que ve indica una tendencia, unos gustos, pero que también hay gente como yo que vemos de todo y en cambio aún no tenemos ni idea de lo que queremos ser.

Ya sé que hay gente joven que dice: cuando sale algún quillo en programas como el gran hermano, por ejemplo, si este no ha estudiado nada y gana mogollón de pasta por salir ahí, ¿pa qué me voy yo a matar a estudiar? Y es un poco verdad y un poco mentira, porque uno no siempre va a tener la suerte de salir en un programa así, y si sales en uno de esos de un rato solo tampoco te van a pagar tanto.

En fin, que cada uno vea lo que le dé la gana. Yo, particularmente, me gusta ver todo, un buen programa de cultura, un buen programa del corazón, un buen partido o una buena peli y no creo que por esto yo sea mejor ni peor que otros.

***

Una mañana, mientras Mariano estaba de guardia, entró Dani en la sala destinada a los expulsados. Curiosamente, en media hora no había entrado ningún alumno, lo que era un récord insólito. Fue quizás ese breve momento de intimidad lo que hizo hablar a Dani con sinceridad e incluso con desvergüenza tratándose de un tema vergonzoso, cuando Mariano le preguntó el motivo de la expulsión de la clase.

—¿Qué ha pasado, Dani?

—Que estaba mirando una revista de tías en bolas en clase.

—¿Cómo dices? —Mariano no podía creer lo que había oído.

—Pues eso..., profe...

—¿Pero tú estás bien de la cabeza, chaval?

El alumno no contestó.

—¿Y quién te daba clase?

—Margarita.

—¿No te da vergüenza?

—Sí, pero pensaba que no me iba a pillar.

—Bueno, ¿y qué crees que debo escribir en esta puñetera hoja de incidencias? ¿Expulsado por mirar guarradas en clase...? Joder, estáis *pillaos,* como decís vosotros –y Mariano tuvo que contener de repente una carcajada nerviosa–. Siéntate ahí y escribe lo que ha ocurrido, y pide perdón, y que sea convincente. Yo ya hablaré con Margarita.

–No le digan nada a mis padres, por favor... –suplicó.

Dani se sentó en una silla, rojo como un tomate, al menos mostraba algún rasgo de vergüenza, y se puso a escribir, dubitativo y con la cabeza apoyada encima de la mesa.

Al acabar la clase, Mariano se fue hacia la puerta del aula de tercero B a esperar a Margarita. Su colega salía con la cara desencajada y los chicos armando barullo como siempre pero riendo más que nunca por lo ocurrido.

–¿Te ha dicho Dani lo que estaba haciendo? –le preguntó Margarita.

–Sí, aún me cuesta creerlo, pero ¿cómo ha sido?

–Pues nada, hacía rato que me distraía su actitud. Le he mirado varias veces y me extrañaba que no sacara las manos de debajo de su mesa. Así que disimuladamente lo he observado de reojo hasta que me he dado cuenta de que tenía algo escondido y, cuando le he llamado la atención, me he acercado y he visto la revista porno. Y lo he tenido que echar, claro... Esto es lo que me faltaba.

–Increíble, pero bueno, tranquila. He apuntado en la hoja de incidencias: expulsado por actitud impúdica. Es que no me salía otra cosa, Margarita –y ambos colegas se sonrieron por no llorar–. También le he hecho escribir lo ocurrido y disculparse en la misma nota.

–Vale, Mariano, ya hablaremos con Matías, o con Esmeralda.

Cuando Esmeralda leyó la breve y absurda nota de Dani, le preocuparon las excusas que el adolescente en plena efervescencia había anotado a modo de disculpa. Estela se sentaba delante de él y le enseñaba todo el rato el tanga, y la profesora, Margarita, llevaba ese día demasiado escote y los pechos se le movían mucho al escribir en la pizarra. Que las tías no se cortaban un pelo, escribió el pobre Dani. Pero sus compañeros de clase, con la crueldad habitual, lo tenían muy claro, con lo bola de sebo que era, nadie iba a querer enrollarse con él y siempre iba a ser un salido, decían.

***

Un grupo heterogéneo de alumnos de segundo curso fue a quejarse una vez a su tutor por haber tenido que buscar ciertas palabras en el diccionario. El caso es que Luis, el profesor de Lengua y Literatura, les hizo jugar un día a buscar palabras. Cada vez que un alumno encontraba el significado de una palabra alzaba la mano, Luis decía su nombre y eso valía un punto. Ganaba el alumno que más palabras encontrara en el espacio de una clase, y el ganador iba a tener un punto extra en el próximo examen. Al principio, curiosamente, todos participaron animados por la actividad. Al encontrar la palabra, el hábil alumno leía su significado en voz alta, lo que provocó las risas de la mayoría en las primeras lecturas. Pero a medida que iban avanzando en el juego, las risas se cambiaron por mal humor e incluso algunos dejaron de abrir el diccionario. La lista de palabras era más o menos la siguiente: ironía, patán, zafio, estulto, chiquilicuatro, mequetrefe, zascandil, lerdo, memo, mentecato, lelo, garabatero, párvulo, cuitado, zonzo, zoquete, pavisoso, majadero o necio.

Algunos colegas pensaron que a Luis se le había ido un poco la mano con la ironía y que eran ganas de buscarse problemas. Otros jugaron en la sala de profesores a buscar más sinónimos de la lista de palabras. Luis, con buen criterio y esa fineza que lo caracterizaba, otro día buscó un nuevo campo semántico menos provocador pero no menos significativo: competencia, pericia, aptitud, talento, inteligencia, capacidad, habilidad, disposición, ingenio, maña, destreza o astucia. Acabó con la misma palabra que iniciaba la lista de días anteriores: ironía. Luis estaba convencido de que algunos habían captado el valor de la palabra y su intencionalidad. Quien no debió de entender nada fue un padre que días más tarde pidió una entrevista con él. Su hijo era uno de los descolgados del nivel medio del grupo, el típico gallito de comportamiento gregario, el que sin ser el primero en iniciar el follón se apuntaba a todos. Una vez en la sala de visitas, el padre de la criatura, en un tono amenazante, iracundo y convencido de estar en posesión de la única verdad, le dijo que quién era él para insultar a su hijo y al resto de chicos. Luis le aseguró que él no había insultado a nadie, que nunca lo haría y que su intención había sido otra. Le preguntó si su hijo le había nombrado la palabra ironía. Pues no. Después, Luis manifestó suponer que el padre comprendía el significado de la palabra, y que ahí había estado la gracia: por un lado les enseñaba a buscar en el diccionario y por otro les provocaba una reacción de negación a ser todo lo que esas palabras raras significaban. «Ya», contestó el padre un poco más tranquilo, «pero, hombre, es que hacerles buscar mequetrefe... tampoco es eso...». Luis creyó haber llegado al punto en que había que dar por terminada la absurda entrevista y con un golpecito de complicidad paterna en el hombro le dijo que no se preocupara, que le preguntara a su hijo por las palabras que les hizo buscar días después, mucho más bonitas: trabajo, futuro, superación, esperanza... y que se preguntara él mismo cuántas veces le había dicho esas palabras a su hijo, lo que le hizo sentir vanidoso por el solo hecho de que Luis le supusiera tal cosa. Se levantó con el convencimiento de que lo había malinterpretado primero y lo había entendido todo fácilmente después y que ya se sabía: los niños de hoy se quejan por todo. Al marcharse el padre, el típico trabajador de diez y doce horas diarias que no tuvo la oportunidad de estudiar que su hijo sí estaba teniendo, Luis respiró pensando que esta vez había salido airoso de este asunto.

***

Otro día, algunos compañeros felicitaron a César por la manera en que consiguió solucionar uno de los problemas más habituales en las clases como era el uso de los teléfonos móviles. Esos a los que Luis se empeñaba en que había que llamarlos portátiles y no móviles, porque no se movían por sí solos, bueno, cuando vibran, decían algunos entre risitas, sino que podían ser llevados encima con facilidad, que es otra cosa. Aunque Luis terminaba reconociendo que las nuevas tecnologías influían sobre el uso del lenguaje, y que no había más que ver cómo escribían los chavales, en una especie de jerga críptica en la que muchas grafías sustituían caprichosamente a las correctas y otras, la mayoría, habían desaparecido para siempre.

Tampoco es que fuera la última y definitiva solución al incordio de los pitiditos, los sms cruzados mientras él hablaba, los politonos cargantes y todo eso en plena clase, pero al menos le sirvió para reducir en mucho el problema. Tampoco fue un caso de mediación particular sino una estrategia colectiva. La idea se le ocurrió un día que tuvo que confiscar cuatro móviles en una hora. Al acabar la clase les soltó un breve sermón repetido otras veces.

—Tenéis la cabeza como el cemento y estoy hasta las narices de esta historia. ¿Es que no sabéis que a la tercera que se os confisque os quedáis un fin de semana sin móvil? Y a lo mejor vamos a tener que terminar por confiscarlos cada día a la entrada del instituto. Matías tiene quince teléfonos en su despacho, joder... Parecéis tontos, o sordos, hacedme el favor de dejarlos en casa, o en la taquilla, o en la mochila, pero ya está bien.

—Sí hombre, en la taquilla, para que me lo roben con la pasta que vale y mi padre me mata —se atrevió a decir alguien.

—Peor será si te lo tomamos prestado para todo el curso, ¿no? Bueno, lo vamos a dejar aquí, pero no quiero volver a tener que recoger móviles a partir de mañana.

La clase se terminó ahí pero de repente a César se le ocurrió la idea. Al día siguiente iban a dedicar toda la hora a resolver dudas para un examen que iba a ponerles dos días más tarde. Al llegar a casa cogió su propio teléfono y lo programó para que en esa clase de mañana le sonara al menos cinco veces con intervalos de ocho o diez minutos, cambiando el pitido de alarma por el de una llamada normal. La clase de repaso empezó con una puntualidad desacostumbrada, los alumnos eran prácticos y los primeros interesados en no perder el tiempo, sabían el protocolo. César empezó abriendo el turno de preguntas.

—Podéis hacer una pregunta cada uno y contestarla entre vosotros mismos o puedo hacerlo yo, pero si vamos al grano, más dudas resueltas. A ver —y se dirigió a Leo, una de las aplicadas de la primera fila—. Leo, ¿tienes alguna duda?

—Sí, profe —respondió rápido, Leo llevaba una lista de dudas—, no acabo de entender la diferencia entre estado y nación, como lo explica el libro parece lo mismo.

—Bien, ¿alguien sabe responderle?

Silencio de varios segundos tras los que César inició la explicación.

—Son conceptos similares pero no iguales. Digamos que estado es más genérico que nación. Por ejemplo, España es un estado, pero un estado multinacional, además de civil, multicultural y multirreligioso, ¿no, Ahmed? Podríamos precisar que una nación es un conjunto de ciudadanos de un estado, y que dentro de un estado puede haber diferentes grupos nacionales que comparten una lengua, una historia, unas tradiciones comunes, etcétera. Otro ejemplo es el Reino Unido, que se compone de cuatro nacionalidades que son...

En ese momento, el móvil de César sonó por primera vez, pero en lugar de disculparse y apagarlo, contestó y simuló una conversación con un emisor inventado.

—Perdonad un momento. ¿Sí? ¡Ah, hola, Juan! ¿Qué tal? ¿Cómo? Sí, estoy en una clase, pero tranquilo, no importa, ¿qué me cuentas?

Los alumnos se miraron extrañados y muchos empezaron a murmurar entre risitas. César no podía exagerar demasiado el teatro y terminó pronto con la primera interrupción.

—Bueno, Juan, como veo que la cosa se alarga, ya te llamaré para quedar, es que me sabe mal por los alumnos, que necesitan resolver dudas porque mañana les toca examen de evaluación... Vaaaale, te llamo esta tarde, adiós. Perdonad, chicos, pero es que era un amigo que hace tiempo que no veo. ¿Por dónde íbamos? Ah, sí, estado y nación. ¿Ha quedado claro? Bien, pues sigue tú, Laura.

—¿Y país? ¿En qué se parece? ¿Es un estado, una nación, o las dos cosas o qué?

Los alumnos hicieron algunas preguntas más, bastante atinadas, demostrando así la mayoría que se habían mirado los temas de geografía correspondientes. Pero entonces vino la segunda interrupción.

—Caray, otra vez el teléfono, es que es nuevo y no sé cómo se silencia. Bueno, es del banco, no contesto, solo un momento, les mando un sms, que es importante.

Los alumnos volvieron a mirarse y a reír y algunos sacaron sus móviles y los pusieron sobre el pupitre.

—Eh, eh, no os *motivéis,* como decís vosotros, o es que no quedó claro el otro día que no quiero recoger teléfonos. Venga, ya está, enviar; la siguiente pregunta, Dani. ¿No tienes ninguna pregunta? Pues tú, Alberto.

—¿Qué quiere decir estado de derecho?

Después vinieron más preguntas. La clase, al margen de la broma que César les estaba gastando, parecía más dinámica que nunca, comparándola con la mayoría de clases en las que los alumnos dormitaban, miraban las musarañas o hacían dibujitos tipo *manga* en las libretas. Hablaron de monarquía y república, de los poderes del estado, de las relaciones internacionales y sus organizaciones, de la interpretación de los mapas cuando, llevarían una media hora, una tercera interrupción telefónica rompió el buen ritmo de la clase.

—¿Y la Unión Europea? ¿Es como si fuera el estado más ganso de los estados? —preguntó Javier.

—Más o menos, pero... ¡ostras, perdón! Otra vez el móvil. Es mi mujer, tengo que contestar por si ha pasado algo... —César se giró y bajó el tono de voz simulando confidencialidad—. ¿Sí? Oye, estoy en clase, ¿qué pasa? ¿Por qué me llamas ahora? No, falta media hora para el recreo... bueno, no pasa nada... ¿Lo del seguro? Diles que yo voy esta tarde... ¿Cómo?, que no pasa nada, se pueden esperar... que digan lo que quieran, yo voy esta tarde y lo resuelvo... Vale, que tengo que seguir la clase. No pasa nada. Hasta luego. Perdonad, chicos, venga, que queda tiempo.

A César no le pasó desapercibido que unos pocos aprovecharon la comedia para enviarse algún mensajito entre las risas de algunos y las caras entre sorprendidas y enfadadas de otros, pero puso orden rápidamente.

—Sergio, te toca, dispara.

—¿Podría repasar un poco las fuentes demográficas?

Siguieron con tres o cuatro preguntas más, acercándose al final de la hora. La cuarta llamada César la abortó, o más bien abortó el uso de sus dotes teatrales diciendo que era una llamada comercial perdiendo así solamente un minuto. Se resolvieron algunas preguntas más, ya metidos en el tema de la población, y sin haber podido llegar al tercer tema previsto, una quinta llamada falsa les llevó a perder algún minuto más.

—¡Joder! ¡Los del seguro, me van a oír! ¿Sí?, ya, ya lo sé, pero ahora no puedo hablar con usted, estoy trabajando... ¿Y usted también? Ya, pero usted no tiene a treinta y tres alumnos mirándolo con cara de mala leche, mire voy a colgar y si después no le interesa el tema, cancele la póliza, hay más aseguradoras. ¡Punto! —e hizo el ademán de colgar enfadado y volvió a pedir disculpas.

A falta de cinco minutos para terminar, varias manos se levantaban suplicando poder plantear más dudas mientras otros ponían cara de estar siendo víctimas de una tomadura de pelo. Pero César, dotado de una gran intuición y conociendo muy bien a sus alumnos, a los que ya había tenido el curso anterior en segundo, le dio la palabra a Lorena, conocida por todos los profesores como la sindicalista y pleiteadora nata del grupo.

—Bueno, profe, esta pregunta no es de geografía, ni de historia, pero creo que tengo derecho a hacerla. ¿A ti, quién te confisca el móvil? Porque tanto rollo con el temita y tú te has *pasao* hoy, ¿no?

¡Bingo!, pensó César. Ahí es donde él quería llegar, porque su idea estratégica no se iba a limitar a hacer aquel teatro, había una segunda parte, y entonces contestó a Lorena ante el silencio absoluto y el interés de todos.

—Pues la verdad, Lorena, es que tienes razón, pero no sé si a mí me lo pueden confiscar. Lo que te recomiendo es que si creéis que tenéis que hacerlo, os vayáis a quejar a vuestra tutora y ya se verá. Mañana, de todos modos, dejaré el móvil en casa, o en la sala de profes, os lo prometo.

Y eso fue lo que pasó, que Lorena, con aires de abogada laboralista, fue a quejarse a Maribel, la tutora de tercero.

***

Hubo algunos casos de mediación más concretos, o que afectaban a algún alumno en particular. Afortunadamente sin violencia o actitudes agresivas. Casos relacionados con desapariciones de objetos personales en los que alguien acusaba a alguien de robo, alguna expulsión de clase o insultos en público. Pero de todos ellos el que más se comentó fue el caso de Nguema. El alumno senegalés, después de más de dos meses desde su llegada, empezó a defenderse más mal que bien en castellano, aprendió en primer lugar toda la ristra de insultos y descalificaciones xenófobas de las que había sido víctima y un día, por fin, fue capaz de quejarse primero a Esmeralda y después a César. Como César sabía sobradamente qué alumnos se metían con él casi a diario, convocó a unos cuantos a una pequeña reunión con él, con Esmeralda y el propio Nguema. Entre esos alumnos convocados estaban, cómo no, Saimon, Camilo y Sebas. En estos encuentros era difícil llevar un guión estudiado, el objetivo mínimo era al menos el de establecer un diálogo sereno sobre el conflicto en cuestión y conseguir hacerlos reflexionar, pedirles un esfuerzo para mejorar, un compromiso. Así que empezó haciéndoles a todos una pregunta, que era como una reflexión hecha en voz alta.

—¿Cómo puedo convenceros de la violencia, el desprecio y la injusticia que significa pasarse la vida llamando a alguien *negro de mierda...?*

Ninguno contestó, pero todos miraron a Nguema con rabia.

—Quiero que sepáis que Nguema no ha acusado a nadie, le pedimos nombres y no quiso decirlos, pero César y yo, y todos los profesores, os hemos oído a vosotros más de una vez ese tipo de insultos. ¿Cierto? —añadió Esmeralda.

Los alumnos bajaron la mirada, menos Saimon, que rompió el fuego en el diálogo.

—Nosotros los primeros, de acuerdo, pero aquí falta mucha gente, profe, y los que no insultan también piensan lo mismo. ¿Vale?

—¿Y qué es lo que piensan y pensáis sobre el tema?

—Cuando decimos *negro de mierda* mostramos nuestra rabia ante un problema muy importante, a mí este no es que me haya hecho nada —siguió Saimon señalando a Nguema.

—Este es Nguema, Saimon —puntualizó Esmeralda.

—Vale...

—¿Y cuál es ese problema tan importante? —preguntó César a Saimon.

—Pues el de la cantidad de *peña* que viene de fuera, no vamos a caber y no hay *curro* para los de aquí...

—Claro, y Nguema tiene la culpa.

—No lo sé; yo tampoco, desde luego...

—Y por eso hay que meterle miedo e insultarlo, porque es negro y viene de África, ¿no? —siguió César.

Los alumnos callaron, pero Camilo intervino desbordando su tensión.

—Mire, profe, a mi *vieja* le cuesta encontrar horas de faena porque viene esta gente y cobra las horas más baratas.

—Ese problema no te corresponde a ti arreglarlo a golpes o insultos, sino a los políticos.

—Pues vamos listos, los políticos son unos trincones, ellos no tienen problemas —continuó Camilo.

—Bueno, no hemos quedado para hacer un debate político ni socio-económico sino para hablar de respeto, aunque os voy a preguntar otra cosa: ¿De dónde proceden vuestros padres? ¿Eh? Decídmelo.

Los tres alumnos pertenecían a familias que durante los años sesenta habían venido de otras comunidades.

—¿Y qué pensáis que hubieran sentido si aquí se les hubiera tratado de emigrantes de mierda...?

—No es lo mismo, es España, todos somos españoles —replicó Sebas.

—Ah claro, solo los españoles somos personas... Pues estáis muy equivocados, solo son personas los que saben respetar a los demás. Vamos a ir dejándolo aquí. Solo queremos pediros un esfuerzo por dejar en paz a vuestros compañeros Nguema, Ahmed y todos, sin distinción. Pero os voy a hacer otra pregunta: ¿Quiénes son los héroes en las pelis que tanto os gustan? ¿Los gallitos que se pasan la vida machacando a los débiles? ¿O los que plantan cara a estos y los defienden? Pues eso, escoged el modelo de héroe que queréis ser. Si vais de perdonavidas pensad que alguna vez os puede tocar a vosotros ser la víctima. Si queréis ser unos héroes de verdad, ayudad a Nguema a adaptarse a su nueva vida y todos os respetarán.

Pero las palabras de César, claras y concisas, espolearon la rebeldía de los alumnos haciéndoles confesar una de las claves del problema. Fue Saimon el que volvió a liderar la resistencia, con sus razones más viscerales y, paradójicamente, más irracionales.

—¿Respeto? Mire, profe, yo creo que solo me van a respetar si me tienen miedo. En esta sociedad, si vas de blando te comen.

—¿Miedo? Bonita palabra, pienso muy a menudo en ella y creo que no sabéis usarla. ¿Quién tiene miedo? ¿La persona que amenazas? ¿O tú? —contraatacó César.

—¿Yo, miedo? *Lo flipas* profe, yo no tengo miedo a nadie.

Y Saimon, al decirlo, levantaba el mentón y sacaba pecho.

—Saimon, lo que quiere decirte César es que también tiene miedo el que se pelea con el resto del mundo, un miedo más complejo, ¿sabes a qué? Pues a no conseguir lo que quieres en la vida.

Todos callaron, solo respondieron con expresiones de incredulidad y autosuficiencia, como si el argumento de sus profesores no fuera con ellos. Finalmente les pidieron que dejaran de proferir insultos de cualquier tipo y concretamente los xenófobos. Que iban a valorar su esfuerzo y que ya que eran, o se sentían, líderes naturales, liderasen un cambio de actitud. Les recordaron que la actitud también se valoraba a la hora de poner notas y ellos, los profes, se morían de ganas de subirles esa nota. Si el problema continuaba, volverían a encontrarse. Nguema no había abierto la boca, se había pasado el rato mirando al suelo, atemorizado por un lado pero experimentando una cálida y agradable sensación de protección a la que no estaba acostumbrado; sus profesores lo ayudaban y él siempre les iba a estar agradecido. César le preguntó si quería decir algo antes de terminar y Nguema apenas balbució cuatro palabras, frases mal construidas que, sin embargo, lo decían todo.

—Yo no comprendo todo, pero miedo no bueno, yo quería valiente... mejor amigos que no amigos, yo quiero si quieren los otros...

***

César le había explicado a Maribel el teatro del móvil, le pidió también que le siguiera en su estrategia y una semana más tarde ella se sumó al teatro para que ambos, profesor y tutora, hablaran a toda la clase. Maribel diría a los alumnos que había hablado con César, que había reconocido el error y que no volvería a ocurrir, que la única explicación que podía darles es que a veces ellos también se contagiaban de sus alumnos.

—Bueno, chicos, solo son cinco minutos. Ya habéis visto lo inoportuno que es un teléfono dando la vara en medio de una clase, ¿no, Lorena? Si no, no habríais llegado a denunciarlo. Os dejo con César.

Maribel salió del aula y César concluyó el tema.

—No pensé que fuerais a hablar con Maribel, sobre todo porque vosotros os pasáis los días incordiando con vuestros móviles, pero está bien, os pido disculpas de nuevo, tuve un mal día y ya está. Y para que veáis que soy sincero, repetiremos el examen porque la mitad más o menos no habéis llegado al cinco y merecéis otra clase de dudas y otra oportunidad.

Ante la satisfacción y el orgullo renovado de los alumnos, le sugirieron que aclarase las preguntas del examen que habían contestado mal y otras dudas que pudieran añadir, y el resto de la clase fue una balsa de aceite.

Pero ese día César se acordó de su padre, que cuando él era adolescente como sus alumnos ahora, alguna vez, para bajarle los humos de alumno brillante, le había dicho: «No vayas nunca de listo por la vida, los que se creen los más listos de la clase siempre acaban descubriendo a uno más listo todavía. Hay que ser humilde».

Al acabar la clase Sergio se fue hacia él y, cuando se quedaron solos en el aula, el alumno lo dejó boquiabierto.

—Profe, no se enfade, pero tengo que decirle que le ha salido bordado lo del móvil. Si quisiera, aún sería mejor actor que profesor.

Profesor y alumno sonrieron y esa complicidad entre listos de la clase los unió para el resto del curso.

CAPÍTULO 5

AMENAZA

Estaban los alumnos preparados para afrontar los retos del futuro? ¿Eran capaces de analizar, razonar y expresar sus ideas de manera coherente? ¿Tenían capacidad para seguir aprendiendo el resto de su vida?

Estas eran algunas de las bonitas preguntas que se derivaban de los programas para la evaluación internacional de los alumnos. Muchos profesores tenían dudas al respecto, por la complejidad de las variables a tener en cuenta, por haber excluido su voz de los informes, porque no era lo mismo un chico finlandés, que uno alemán, que uno español, y porque los sabiondos que habían inventado dichos informes se basaban en parámetros para el desarrollo económico y, aunque lógicamente debía preocuparles la formación de los futuros profesionales, no estaban metidos en el ajo del día a día en las aulas. Algunos docentes se sintieron fiscalizados. Su competencia había sido puesta en entredicho porque lo cierto es que la respuesta a esas preguntas, para la gran mayoría de alumnos, era un no rotundo y en mayúsculas. Y como uno de los pilares de los informes era la capacidad comunicativa, y por lo tanto la comprensión lectora y la expresión escrita y oral, Luis estaba muy enfadado. Él, que amaba y respetaba la lengua y la literatura y que se devanaba los sesos para conseguir estrategias y transmitir esos sentimientos a sus alumnos, había sido señalado como parte implicada en el nefasto resultado de los estudios. Lola estaba de acuerdo con la rabia de Luis pero se lo tomaba de otra manera, como si no fuera con ella la cosa, y señalaba a la sociedad de los medios de comunicación y a las familias como principales responsables, por delante de ellos. De todos modos, lo que más les indignaba de los informes, después de sus debates de departamento, es que habían de reconocer que en realidad las conclusiones y resultados de los mismos eran correctos. Por eso un día Luis, que no solía levantar la voz, ni alterarse con los alumnos, llegó a su clase de Lengua y Literatura de muy mal humor y la terminó con las venas del cuello hinchadas. Se acercaba el final del primer trimestre y sus alumnos de cuarto tenían que entregarle una completa ficha de lectura de un libro, primera lectura obligatoria del curso. El día anterior, en casa, estuvo mirando unas cuantas fichas, pero aún no habría leído media docena, cuando empezó a sudar, a desanimarse, para acabar apartándolas en su mesa de un manotazo. Incluso las de los tres o cuatro mejores alumnos de la clase, cuyas fichas rebuscó entre la pila, eran malas.

Y llegó el día de las amenazas, un día que marcaría un antes y un después para algunos en aquel hervidero llamado instituto.

Luis entró en la clase de cuarto con cara de pocos amigos. Se sentó en su silla tras la mesa, puso el taco de fichas de lectura encima y se quedó mirándolas y mirando a sus alumnos, que arrastraban el barullo de los pasillos impidiendo el silencio mínimo necesario para el inicio de una lección. Luis, callado, iba mirando las fichas, las caras de los chicos y el reloj. Aquella vieja estrategia de permanecer en silencio hasta que el grupo se callara también para cederle la palabra al profesor, a él tampoco le funcionaba ya. Los alumnos ya se habían percatado de la anormalidad, su profesor no se levantaba y con cuatro gritos imponía el silencio como de costumbre, algo pasaba. Pero, disfrutando de ese control dictatorial del colectivo sobre el héroe solo ante el peligro, seguían con los cuchicheos y las risitas. Solo algún chico, siempre de esa sufrida primera fila, calló al poco de sentarse Luis. Diez minutos más tarde Luis se cansó de esperar y se levantó para dirigirles, o casi gritarles, la palabra.

—¡¡¡Hacedme el favor de callar de una vez, quiero un silencio sepulcral!!!

Pausa y silencio.

—¿Cuántas fichas de lectura habéis hecho desde primero? ¿Treinta, cuarenta, cincuenta tal vez...?

Otra pausa y más silencio.

—Pues cualquiera diría que esas que hay ahí —siguió, señalando el taco sobre la mesa— son las primeras. Esto —y entonces cogió el taco enarbolándolo en alto— no son fichas de lectura ni son nada, son una estafa, una estafa a mi paciencia pues os he explicado cómo hacerlas veinticinco mil veces, pero también una estafa hacia vosotros mismos. Porque algunos se creen que pueden engañarme y lo que consiguen es engañarse a sí mismos... De treinta y dos, solo hay cuatro, ¡cuatro!, que pasarían con un aprobado justito, el resto, ¡basura!

Otra pausa. La seriedad de la arenga, la solemnidad de las palabras de Luis, que no acostumbraba a descalificarlos así, que les explicaba las cosas una y mil veces siempre, que nunca tenía la cara enrojecida de ira, quién sabe si también de vergüenza porque se sentía responsable del fracaso, se había instalado en la atmósfera del aula. Tras esta última pausa, la más larga hasta el momento, Jennifer, una chica de las filas centrales, se atrevió a levantar tímidamente el dedo.

—¡Hombre! ¡Qué sorpresa! Alguien tiene algo que decir, por fin. Jennifer quiere hacer uso de la palabra. Dime, Jennifer...

—Yo no sé mi nota, profe, me la imagino, pero es que el libro era un poco rollo...

—Un poco rollo... Mirad, en primer lugar os recuerdo que lo elegisteis vosotros entre varios títulos que os propuse al principio de curso, cuyos temas os expliqué por encima. En segundo lugar y suponiendo que efectivamente fuera un rollo, eso no sería razón suficiente para hacer este bodrio que habéis hecho. En tercer lugar, lo que para algunos puede ser un rollo para otros puede ser una maravilla de libro y, sobre todo, eso de *profe, es un rollo* estoy hasta aquí de oírlo; cualquier libro, el que sea, os parece un rollo... ¿Qué será cuando tengamos que leer *El Lazarillo* o a Bécquer, por ejemplo...?

Otra pausa y el silencio.

—¡Os lo he dicho millones de veces! ¡Quien no domine el lenguaje no se podrá desenvolver en el mundo con la misma facilidad de quien lo domine! ¡Quien se expresa con un lenguaje simple y lineal tiene pensamientos simples y lineales! Pero eso a vosotros ahora os importa un bledo.

Otra pausa y más silencio. Parecía que Luis había conseguido impresionarlos y que iba a terminar ahí pero siguió su discurso delirante con el que los mantuvo atentos como pocas veces, o eso creyó entonces.

—Seguramente la mayoría de vosotros pensáis que la lengua y la literatura no son útiles, ¿verdad? Para qué si los que triunfan en la tele no saben ni hablar ni han leído un libro en su puñetera vida... Pues estáis muy equivocados. Dominar el lenguaje nos convierte en personas más seguras y por lo tanto capaces de ser más libres. Y la literatura... la literatura alimenta de valores nuestro espíritu, nuestro intelecto. Lo inunda todo...

Lolita, la candidata a estrella, levantó la mano y Luis interrumpió su discurso... creyendo que se había dado por aludida.

—Profe, yo tampoco sé cómo me ha salido la ficha. Pero a mí me gusta la literatura, lo que pasa es que a veces me cuesta entrar en algunos libros...

—Eso puede pasar, a todos nos puede pasar, incluso a mí que soy el profe, pero hay que hacer un esfuerzo y darle una oportunidad al libro. Pero claro, si nos pasamos de la página diez a la última y fusilamos la reseña de la contraportada, nunca sabremos leer nada.

—Yo no he hecho eso, profe...

—Ya lo sé, no hace falta que te excuses, tú has hecho una ficha decente.

Lolita se ruborizó ante las miradas envidiosas de los compañeros y en especial de las chicas, y envalentonada por ser una de las pocas en aprobar, quiso iniciar otra línea de debate.

—Profe, una cosa, no es por contradecirte, yo estoy de acuerdo con todo eso pero hay algo que me cuesta entender.

—Dime —le preguntó Luis—. Al menos hay alguien que se interesa por entender.

—Cuando siempre nos dices eso de que a lo mejor tendremos que soportar a un jefe que no sabrá escribir correctamente..., si dices que dominar la lengua nos hace mejores, ¿cómo puede ser que alguien que no la domina llegue a jefe?

Luis se sonrió e hizo una mueca de impaciencia aunque su mal humor fue menguando.

—Vamos a ver, muy lista tú... ¿Jefe de qué? Yo no he dicho ministro, catedrático de universidad ni premio Nobel, he dicho solo jefe. Y un jefe a secas puede serlo de cualquier cosa y puede ser el más inútil de los tipos, y puede haber llegado a esa efímera condición de múltiples maneras, poco meritorias, reptando toda su vida, pisando cuellos, engañando, disimulando sus limitaciones. ¿Lo entiendes ahora? Pues imagínate que alguien así te tenga que mandar... mejor será que seas tú quien le mande ¿no? Bueno, esto se está alargando demasiado, así que vamos a dedicar los últimos quince minutos a hacer entre todos la ficha aquí en clase, ahora bien, esta Navidad vais a leer otro libro y me traeréis otra ficha en enero.

Queja general y nueva reprimenda de Luis.

—¡Silencio! Otro libro les dará a algunos la oportunidad de aprobar la primera evaluación y a otros, al menos de subir la nota.

De repente, Sebas interrumpió a Luis alzando un poco la voz.

—¿¡Y a los jefes, profe!?

—¿Qué jefes, Sebas? ¿Qué quieres decir?

—Pues a los reptiles como yo que no nos gusta leer pero haremos lo que haga falta para ser jefes, de lo que sea...

—Mira, Sebas, tú también tendrás el mismo trabajo porque de todos modos harás lo que te dé la gana, aunque igual a ti y a otros como tú os doy un libro especial, hecho a vuestra medida. Si tengo que suspenderte lo haré y punto. Ah... y aunque te deseo lo mejor en la vida, y si tanta ilusión te hace ser jefe, perfecto, espero que nunca seas jefe de nadie de esta clase.

La conversación se terminó con una sonrisilla sardónica de Sebas y con el convencimiento por parte de Luis de que algunos habían entendido que valía la pena intentarlo de nuevo.

***

Ese mismo día Ángel tenía guardia de patio y guardia ordinaria durante la siguiente hora. Se sentó en un banco junto a la fachada que miraba a la pista deportiva y se limitó a observar la cotidianidad de la media hora de recreo mientras sus colegas Maribel y Mariano, en la puerta principal, controlaban las entradas y salidas de los chicos de bachillerato e impedían, como marcaba el reglamento, que los de la ESO salieran a la calle. En la pista, un barullo desordenado y multitudinario de chicos jugaba al fútbol, a pelotazo limpio, contra los porteros, que solían ser los más inhábiles de sus clases, y contra las ventanas protegidas por celosías metálicas. Paco, el conserje, venía a poner orden una y mil veces cuando la pelota caía en los límites de su garita. Luego estaban los corrillos de siempre, los de chicas emperifolladas, con Lolita como centro de todas las atenciones, o los de los *putos amos*, como ellos se autodenominaban. Alejados del mogollón, algunos alumnos pequeñajos, de primer curso, jugaban minipartidos con bolas de papel de plata, pegados a los muros del instituto. Y para acabar de completar el cuadro, apenas un par o tres alumnos se acercaban a los profesores para darles conversación, a veces con sincero interés y ganas de saber, para eso solían ser los mejorcitos de sus clases, y a veces para ganarse una simpatía que les reportase unas décimas en el próximo examen, el clásico peloteo en vías de extinción.

Ángel seguía mirando la escena, como tantas y tantas veces había hecho, hasta que algo le llamó la atención. Nguema ya había ido al lavabo hacía un minuto y se preguntó cómo es que volvía de nuevo. Así que fijó en él su atención desde la lejanía del banco en el que estaba sentado. Detrás entró un alumno de cuarto curso, Félix. Este salió a los pocos minutos y, tras él, de nuevo Nguema, que se quedó apoyado en el quicio de la entrada de los servicios. Entonces Félix se acercaba al corrillo de los bravucones, formado por Sebas y Camilo, también de cuarto, y Manu y Celestino, de bachillerato, a los que parecía que les enseñaba algo. Ahora salía Manu en dirección al lavabo donde esperaba Nguema, entonces se adentraban los dos durante unos minutos y el nuevo visitante salía otra vez mientras Nguema se quedaba de nuevo a la espera de otra visita. Ángel presintió lo peor y deseó equivocarse. Se levantó y se dirigió hacia Nguema, que se dio cuenta e inició con paso apresurado su camino hacia el corrillo de sus nuevos amigos. Ángel dudó entre seguir hasta donde se encontraban o esperar a que acabara el recreo para hablar con Nguema, pero finalmente hizo las dos cosas.

—¿Qué tal chavales, qué os contáis?

—Nada nuevo, profe, que faltan cinco minutos para volver al rollo de las Mates, con Mariano —contestó rápido Sebas.

—Sebas, ¿para ti qué no es un rollo?

—El finde, profe, de eso hablábamos...

—Ah, muy bien, y veo que habéis incorporado a Nguema en vuestros planes, ¿no?

Entonces Félix le echó el brazo por encima de la espalda a Nguema en un gesto de exagerado cariño y dijo:

—Pues claro que sí, Ángel, si Nguema es un tío de puta madre, algunos no saben lo que se pierden y al que se meta con él o le llame negro, aunque lo sea, le parto la cara.

—Bueno, me alegro de que lo queráis tanto de repente... que siga así.

Durante la conversación, Nguema sonreía de oreja a oreja. Ángel se percató de que casi todos los miembros del grupo llevaban las manos metidas en los bolsillos y echó una mirada rápida a la puerta en la que aún estaba Mariano hablando con Maribel y Paco, el conserje, cuando de repente sonó la bocina que anunciaba el final del recreo. Se inició la dispersión general hacia el edificio, los más pequeños a la carrera, los mayores con desgana y caminar cansino, y Ángel, directamente hacia Mariano intentando simular normalidad para hablar con él. Cuando prácticamente el patio estaba vacío y los tres profesores aguardaban en la puerta principal, Ángel habló con Mariano.

—Mariano, ahora estoy de guardia y tú tienes clase con el grupo de cuarto C, en el que está Nguema. Cuando haga la ronda, creo que todo está hoy tranquilo, te voy a sacar a Nguema un momento de clase para hablar con él. Ya te explicaré, es algo que quiero preguntarle sobre su nuevo grupo de amigos.

—No te preocupes, Ángel, tómate el tiempo que necesites, como si lo quieres tener toda la hora de guardia para ti solito, total... no se entera de nada, tú ya lo sabes.

—Vale, gracias, pues dentro de diez minutos vengo a buscarlo.

Y así lo hizo. Dio la vuelta de rigor para comprobar que a esa hora, milagrosamente, todo estaba en orden y, antes de dirigirse a la sala de guardia, se fue para el aula de cuarto C. Mientras lo hacía, mucho antes de tocar sobre la puerta y antes de que Nguema saliera, y mucho antes aún de que Nguema le contara lo que él ya sospechaba, tuvo un presentimiento, que se mudó ya en confirmación al ver la cara de Nguema, con su piel negra salpicada de gotitas de sudor en la frente, a pesar de ser ya casi invierno, y su sonrisa blanquísima escondida ahora tras sus enormes labios. Esa confirmación lo acercaba de nuevo al miedo, un miedo que se debatía entre su obligación profesional y su pánico a la reacción de algún alumno. Pero hizo lo que debía. El miedo, a pesar de estar ahí, aún no se había interpuesto entre él y su sentido de la responsabilidad. Mientras iban hacia la sala de guardia, Nguema no dijo una palabra, sabía la que le iba a caer, se dio cuenta de repente de que debería haber tirado las chinas de chocolate que le quedaban por vender en el bolsillo, como le había advertido Saimon, no así con el dinero obtenido, cuya posesión iba a costarle justificar. Y Ángel pensaba que Sebas estaba en la misma clase de la que había hecho salir a Nguema, por lo que iba a saber que algo sospechaba, y ya, de repente, se vio sentado frente a Nguema en la sala de guardia.

Pero Nguema aún tenía más miedo que él. Hasta tal extremo lo habían amenazado, y advertido de que no abriera su bocaza de negro, que aguantara estoicamente las preguntas con trampa, hechas de mil maneras para hacerle decir la verdad. Quién le había dado la droga, sobre todo... Pero Ángel insistió en una pregunta fruto del deseo de que las cosas hubieran ocurrido de otra manera para que el destino no lo hubiera situado a él como testigo del delito: «Pero ¿por qué narices te metes en esta mierda...? ¿No te das cuenta de que la has cagado hasta el fondo, desgraciado? Tu camello, dime su nombre..., te dirá lo mismo, y tratará de darte una paliza pero vamos a intentar evitarlo». Y Nguema lloriqueaba, y pedía perdón como un niño de cinco años, y decía que él no quería droga, que solo necesitaba dinero, y que no lo castigaran. Y cuando Ángel repasaba los nombres de sus particulares sospechosos Nguema decía que no o movía la cabeza, pero cuando dijo en un par o tres ocasiones el nombre de Saimon, Nguema fijó unas décimas de segundo su mirada con los ojos desorbitados y tardó ese mismo lapso de tiempo en negar con la cabeza y en decir que no, que no era Saimon. Pero lo negó con tan poca convicción que Ángel supo que era Saimon quien lo había metido en ese embrollo.

***

Durante mucho tiempo se arrepentiría de haberle confiado el tema a César. Porque César cogió el toro por los cuernos y los sentó a todos en una mesa, a Nguema, a Félix, a Camilo, a Sebas y a Celestino. A Saimon lo convocó el equipo directivo, y a los esbirros de Saimon, en la calle, los trincó la policía. Y no hicieron demasiado ruido con el asunto, y pocas semanas después el tema parecía resuelto pero solo en apariencia. Porque a Saimon lo machacaban en la calle los amigos de sus amigos, y Saimon tenía un expediente por falta gravísima –todos sus coleguillas del «insti» y en último lugar Nguema habían terminado por señalarlo con el dedo– y una ficha policial abierta, y la bronca monumental del padre. Así que a Saimon lo cambiaron de grupo e hicieron otros arreglos para que no coincidiera con Ángel, y este evitaba los lugares comunes donde pudiera coincidir con Saimon y se inició otra espiral de tensión, a punto de acabar el primer trimestre, que no hubieran podido imaginar desde el consejo extraordinario en el que todos creyeron poner las bases para evitar conflictos en la convivencia. Pero lo de Saimon era algo más que el robo de un mp3 o una pintada obscena contra un profesor en los lavabos. Lo de Saimon se había convertido en algo personal con Ángel, quien según él estaba dispuesto a «joderle» la vida. Y Ángel lo sabía, tenía más motivos que nunca para sentirse amenazado, y maldecía el momento en que puso el tema sobre la mesa, el día en que ocurrió todo y por la tarde fue corriendo a contárselo a César, el mediador de conflictos del instituto. Lo había olvidado en medio de su excitación, y le contó lo ocurrido. Se lo repitió una y mil veces: si hubiera mirado para otro lado, si no hubiera dicho nada, si no hubiera puesto el dedo en la llaga, el mundo seguiría girando como siempre.

Y volvió a repetírselo con más intensidad aquella mañana, cuando encontró en su casillero de la sala de profesores una nota cerrada en un sobre y sin firmar, aunque la firma era innecesaria. El contenido del texto era claro, sencillo, preciso, y por una vez sin una sola falta de ortografía, porque como en las películas de buenos y malos, estaba hecho con recortes de periódico pegados sobre un folio: *A la que pueda te mato, hijo de puta.*

Capítulo 6

DESAPARICIÓN

César acababa de acostarse después de un domingo anodino y largo, de esos en los que la gente se plantea si su vida ha seguido el curso que habían soñado muchos años atrás. Pero este domingo iba a ser especial. Cuando recibió la llamada telefónica de Marta, ya era bastante tarde, porque había tardado más de lo habitual en irse a la cama, como si hubiera querido demorar un poco más la falsa tregua de libertad antes de que de repente fuera lunes y hubiera de volver al instituto. Eran las doce y media de la noche.

—Disculpa que te llame tan tarde, César. ¿Sabes algo de Ángel?

—No, desde el viernes al salir del instituto. ¿Por qué?

—Es que se fue esta mañana y aún no ha vuelto y sabes que él no acostumbra a salir solo por ahí...

—¿Y no dijo adónde iba, ni ha llamado después?

—Salió a eso de las doce del mediodía en bicicleta, como siempre, para comprar el pan y el periódico, y se dejó aquí el móvil. Esto no es normal, estoy muy preocupada. Menos mal que la niña ya se ha dormido, he tenido que contarle una mentira, que se quedaba en casa de mi suegra porque no se encontraba bien.

—Perdona que me meta pero... entre vosotros ¿va todo bien?

—Sí, no ha pasado nada especial. Es verdad que lleva unos días muy callado, pero nosotros no hemos tenido ningún problema. ¿Sabes si le ha pasado algo en el instituto?

César no le dijo nada del incidente con Saimon, no era el momento, así que indagó para tomar una decisión respecto a lo que debían hacer.

—El instituto es lo de siempre, ya sabes, estamos todos hartos pero que yo sepa él ha estado como de costumbre, Ángel es un tío muy equilibrado y tiene una santa paciencia... Pero, bueno, ¿has llamado a su madre?

—Sí, claro, la llamé a la hora de comer por si había pasado por allí, pero nada, entonces pensé que se habría encontrado con alguien.

—¿Y a tu cuñada?

—No, pero ¿qué iba a hacer en la ciudad con mi cuñada? Además de que me lo hubiera dicho, tampoco se llevó el coche, ya te he dicho que se fue en bici, y en ese caso habría llamado, pero tampoco lleva móvil.

—Claro, y con Juan ¿has hablado?

Juan era otro amigo de Ángel que trabajaba en el instituto de otro pueblo cercano.

—Sí, lo llamé por la tarde pero no estaba y, por cierto, antes de cenar, precisamente, Juan llamó preguntando por él pero no le quise decir nada para no preocuparlo.

—Y ¿por qué has esperado hasta ahora para llamarme?

—No lo sé, ya es muy tarde, se me ocurrió que lo habrías visto... Empiezo a estar muy nerviosa. Ángel nunca ha hecho algo así, podría al menos haberme llamado desde una cabina. Yo creo que debería llamar a la policía.

En ese instante, cuando imaginó a la policía entrando en acción, César reaccionó sentándose en la cama. Decidió hacer lo que Marta esperaba y aún no se había atrevido a pedirle.

—Espera, no llames aún a la policía. Déjame que salga a buscarlo, iré al bar o por ahí a ver si lo veo o alguien sabe algo. Dame una hora más o menos y te llamo, y si tú sabes algo antes llámame al móvil.

—Gracias, César, si pudiera dejar sola a la niña te acompañaría. Me sabe muy mal incordiarte pero hazte cargo.

—No digas tonterías, Ángel es mi amigo y no puede ser que tarde tanto. Dame un poco de tiempo y tranquilízate.

Colgaron el teléfono. César se vistió deprisa y fue al comedor donde Olga aún leía tumbada en el sofá.

—¿Con quién hablabas a estas horas? ¿Qué haces vestido?

—Con Marta, voy a ver si encuentro a Ángel. ¿Te acuerdas de lo que pasó en el instituto con Saimon? Pues desde que salió esta mañana de casa aún no ha vuelto y Marta está de los nervios, como es lógico.

***

César salió de casa a medianoche desabrigado. Cuando se dio cuenta ya tenía la cara y el cuello helados. Fue hasta su coche, puso la calefacción al máximo y la primera decisión que tomó fue la de ir al Truman. Lo imaginaba allí, incrustado en la barra y lamentándose del día en que denunció el trapicheo de los chicos con la droga en el recreo. Pero sobre todo era un deseo, no quería imaginar otras posibilidades que de solo pensarlas le producían pánico. Al pasar por su barrio vio el coche de Ángel aparcado. César se detuvo en doble fila, bajó de su coche e inspeccionó desde fuera el de su amigo. Estaba bien cerrado y no había nada extraño. En el asiento de atrás estaba *El Código Da Vinci,* ese libro que a él le parecía abominable y que Ángel leía con interés profesional, decía, aunque César pensaba que era un rasgo más de su carácter influenciable. Volvió a su coche y siguió su camino hasta el Truman. Al llegar al bar, un recorrido visual, rápido y nervioso, le confirmó la ausencia de su amigo. No estaba Eduardo, el dueño y amiguete de ambos. En su lugar quedaba Pepín, su hermano, un idiota al que no le gustaba que fueran profesores e intelectuales al bar, porque decía que consumían poco y espantaban a los adolescentes exalumnos.

—¿Qué te pongo?

—Una cerveza. Oye, ¿ha estado por aquí esta tarde Ángel? —preguntó César rápidamente y sin preámbulos.

—¿Ángel? ¿El que viene siempre contigo? Creo que sí, justo cuando abrimos a las seis... pero no hablé con él. Estuvo un rato con mi hermano y, por cierto, creo que se fue algo mamado, lo sé porque le cobré yo y bebió más que otras veces.

—¿Sabes si iba con alguien?

—Yo creo que no, pero ¿qué pasa? ¿Ahora haces de detective?

César no supo qué contestar, no tenía ninguna coartada ni estaba acostumbrado a ir por ahí buscando desaparecidos.

—No, lo que pasa es que... no ha llegado aún a casa y... —contestó César arrepintiéndose de inmediato de su respuesta.

—Es que es un tío un poco raro, ¿no?

—¿Raro? Raro de qué, hostia, a cualquier persona inteligente le decís raro —repuso César algo enojado.

—Bueno, tranquilo, a mí me parece raro y a mi hermano en cambio le cae de puta madre, eso va como va... Llamad a la poli...

—Y Eduardo, ¿dónde está?

—Y él ¿qué tiene que ver?

—Nada, joder, es para saber qué habló con él.

—Supongo que habrá llegado ya a casa. Se fue hace media hora porque me tocaba cerrar a mí.

—Llámalo, por favor, y me lo pasas.

Pepín le hizo caso con desgana y le pasó el teléfono a César.

—¿Qué pasa, César? ¿Qué haces ahí?

—Me ha dicho tu hermano que esta tarde ha estado aquí Ángel y que habló contigo, ¿no?

—Sí, ¿por qué?

—Porque aún no ha aparecido por casa —le costaba dar esa crónica de sucesos— y quería saber si tú sabías algo...

—Hostia, pues no. Estaba como siempre, con sus cosas de siempre...

Sus cosas de siempre eran sus viajes realizados hacía ya demasiado tiempo, sus proyectos de retomar alguno de ellos, de escribir ensayo histórico, su música antigua y su afición al cine histórico, pero, sobre todo, su desencanto profesional, su dificultad cada vez mayor para enfrentarse en clase a los jóvenes de hoy.

—Y ¿no notaste nada raro? ¿Te habló del instituto?

—Del instituto, que yo recuerde, lo de siempre, como te digo. Nada nuevo. Habló mucho de su familia y sus amigos, a ti te tiene en un pedestal, por cierto. A lo mejor, como había salido sin ellos se sentía culpable, ya ves qué tontería. Lo que pasa es que siempre van juntos y no suele hablar de la familia. No sé, por pensar algo... Eso debe de ser que se ha mosqueado con su mujer...

—No lo creo, ya he hablado con ella.

—Ya, y ¿qué te va a decir?

—Hay confianza y me lo habría dicho.

—Pues que llame su mujer a la policía.

Otra vez la policía... César no quería llegar a ese extremo, pero se le acababa la hora que le prometió a Marta y estaba como al principio.

—Bueno, gracias y perdona la molestia, ya te veré mañana.

—Una cosa que me pidió al marcharse es si le podía vender una botella de ginebra, que no tenía en casa. Y yo le dije en broma si ya era mayor de edad para comprar alcohol...

—Y se la vendiste.

—Claro.

—Es que tu hermano dice que iba cargadito.

—Exagera, igual se tomó dos o tres cervezas, joder.

—Bueno, vale, ya te contaré.

César se atusaba la melena. Con los codos apoyados en la barra, empezaba a sentirse angustiado, sin saber qué hacer. ¿Adónde narices tenía que ir Ángel con una botella de ginebra? Pagó su cerveza y salió del Truman. Mientras pagaba reconoció a Manu, un alumno de bachillerato de Ángel, uno de esos algo gamberrillos pero que subsistían gracias a las rentas de su inteligencia natural. Se miraron fugazmente y casi se saludaron compartiendo la extrañeza de encontrarse a esas horas un domingo en el bar. César no le preguntó por Ángel y cuando abría la puerta para salir, reconoció que debería haberlo hecho aunque no sabía qué suerte de temor se lo impidió. Volvió a meterse en el coche. Se dirigió confundido hacia el instituto, como si quisiera ganar tiempo y ordenar las ideas. De pronto se sobresaltó al oír sonar su móvil. Era Marta, que lo llamaba desesperada.

—¿Has encontrado a Ángel?

—No, pero... he hablado con Pepín y Eduardo del Truman y se pasó por allí, ahora voy a ver a Alonso, el director —se le ocurrió decir a César por mantener alguna tregua esperanzadora.

—¿En el Truman? ¿Y por qué vas a ver a Alonso?

—No lo sé, Marta, es por probar algo más, en el Truman no dijo adónde iba.

Marta estaba cada vez más nerviosa y se lamentaba enojada del silencio de Ángel.

—No pierdas la calma, Marta, déjame intentar algo más...

—Si Alonso no sabe nada deberíamos llamar a la policía, quizás ya tendría que haberlo hecho, ¿no te parece?

—Si no tengo noticias, llamaremos a la policía, pero espera un poco más y no hagas nada hasta que yo te llame, por favor.

—De acuerdo, César, estoy pegada al teléfono.

—Hasta luego, Marta.

César estaba desorientado, no tenía idea de lo que podía hacer; así que siguió el camino hacia el instituto esperando que se le ocurriera algo. Al llegar a la explanada de aparcamiento que había frente al instituto, le pareció un edificio triste. Nunca lo había visto completamente a oscuras y en silencio. Le parecía mentira que tan solo dieciocho años atrás, cuando él entró a trabajar como profesor de Historia, un año antes que Ángel, aquel instituto fuera una auténtica fábrica de ciudadanos preparados para afrontar la vida universitaria o laboral, un hervidero de ideas, una cantera de jóvenes comprometidos, la mayoría, hijos de trabajadores humildes con ganas de comerse el mundo. Aquellos tiempos del BUP y el COU, pensaba. Le entristecía cómo habían cambiado tanto las cosas en tan poco tiempo. Dio la vuelta, los aledaños, la pista, todo estaba desierto. Sin embargo, al terminar de dar el rodeo, en una fachada lateral vio luz en algunas aulas y eso le llamó la atención. Era probable que Paco últimamente cerrara a toda prisa porque ya estaba harto de trabajar de guardia de seguridad y podía muy bien dejarse alguna luz encendida. Así que César siguió la marcha pensando que no era tan extraño. Cuando iba a alejarse, sonó de nuevo su móvil.

—¿Qué pasa, cariño?

—Me he despertado y al ver que aún no habías vuelto me he preocupado. ¿Aún no sabes nada?

—No, estoy perdido y siento que hago el imbécil jugando a detectives, lo más sensato sería ir a la policía, lo que pasa es que me da miedo por lo que pasó con Saimon...

—Yo creo que no queda más remedio, Marta me ha llamado también y está hecha polvo. ¿Tú crees que le ha pasado algo?

—Y yo qué sé, Olga. Es muy raro que Ángel haga esto y lo que no me quito de la cabeza es que esta mañana se encontrara con Saimon u otro de su pandilla y se enzarzaran en lo mismo... eso es lo que más me preocupa.

Mientras iba hablando con su mujer, César, instintivamente, en lugar de alejarse del instituto, siguió dando vueltas a su alrededor y de repente, a la segunda o tercera que daba, le pareció oír unos gritos que procedían de la zona iluminada del instituto. Entonces quiso terminar pronto la conversación.

—Bueno, voy a ir por último al paseo del río y otra vez a ver si ha cogido el coche, y si no sé nada, hablo con Marta y vamos a la poli, que ya son casi las dos de la madrugada.

—Vale, en cualquier caso avísame de lo que pase.

Se acercó de nuevo a la fachada lateral donde había algún aula iluminada. Se detuvo a una distancia prudencial sin parar el motor y aguzó el oído. A los pocos segundos, escuchó voces y risotadas, voces en alto que por la distancia desde la que se oían, no podían ser originadas más que por la jarana y las bravuconadas de algunos alumnos. Lo que pasó por su cabeza, era inevitable, es que Ángel pudiera estar allí, dentro de alguna de esas aulas, y eso le preocupó. No se atrevía, sin embargo, a llamar la atención desde la calle y provocar con ello, suponiendo que los de dentro fueran los alumnos que él creía que eran, la alerta de estos. Lo que sí estaba claro es que allí había alguien y había que contárselo esa madrugada a la policía y al día siguiente al director. Entonces decidió agotar primero todas las posibilidades de búsqueda. Volvió a pasar junto a su coche, se detuvo, lo inspeccionó y todo seguía como hacía un buen rato. Finalmente cogió el coche y se fue a bordear el camino de árboles junto al río. Era un lugar predilecto para Ángel, por donde paseaba solo o con la niña y Marta los fines de semana, o iba a leer sentado en los clásicos bancos de barrotes de madera repintada, e incluso quedaba con él, cuando había querido contarle algo especial. Pero mientras se acercaba, se dio cuenta de que todo eso ocurría en primavera, verano o principios de otoño. ¿Qué iba a hacer allí Ángel, o nadie, a las dos y media de la madrugada una noche de diciembre, y a cero grados centígrados? Volvió a sentirse ridículo, pero avanzando unos metros más adelante, cuando ya pensaba dar la vuelta para dirigirse definitivamente a casa de Ángel, vio a lo lejos una hoguera y tres o cuatro individuos alrededor. Se acercó un poco, no quería ser visto, tenía miedo a ser reconocido, aparcó a unos veinte metros en sentido contrario y apagó las luces y el motor. Se trataba de un grupo de chicos y algunos eran alumnos del instituto, todos ellos de la misma pandilla que Saimon. Los miraba por el retrovisor y los veía charlar, haciendo gestos de rapero, animados en su charla y despreocupados de todo. Era una escena tranquila e incluso entrañable, de no ser por la desazón que solo él, no los chicos, traía acumulada. Puso la mano izquierda en el pomo de la puerta, la derecha en las llaves del contacto y tensó los músculos. Era fácil, bajaba del coche, se dirigía al grupo y preguntaba por Ángel, de paso aprovechaba para aconsejarles que se fueran a dormir si no querían estar hechos polvo al día siguiente en clase. Pero no se atrevía. No sabía qué reacción podía tener alguno de los chicos más agresivos, fuera de clase, en «su» territorio, por así decirlo. Se sintió cobarde y recordó el miedo del que Ángel le había hablado. Pero ¿por qué había de temer nada? Él era el profesor, ellos los alumnos; él, la autoridad, ellos, la obediencia. ¿Obediencia?, se dijo a sí mismo. Para aquellos chicos que miraba a través de la luneta trasera de su coche, la obediencia era un enemigo a batir. ¿Y si efectivamente sabían de Ángel, el profe *joputa* ese que había denunciado a Saimon, pero no le contaban nada, y él no tenía más remedio que irse? ¿Y si alguno se ponía violento con él? Porque había al menos tres chicos mayores que no iban al instituto, corpulentos, miembros de esos grupúsculos conflictivos de los que tanto había oído hablar pero de los que apenas sabía nada. Volvió a tensar los músculos para actuar y lo que hizo fue poner el coche en marcha, dar marcha atrás hasta ponerse a su altura y bajar la ventanilla. Debía de estar a unos diez metros de distancia y les preguntó si habían visto por allí a Ángel, Ángel Vergara, *profe del insti.* Los chicos se miraron entre sí, alguno esbozó una sonrisilla sardónica, otro levantó su dedo índice y lo movió negando saber nada, y cuando creyó que uno de ellos iniciaba un paso hacia el coche, quizás con buenas intenciones, quizás con la voluntad de ayudar, jamás lo sabría, César les dio las gracias desde el coche, puso la primera y aceleró para alejarse de allí. A partir de ese momento, decidió que debía de actuar y dejar de hacer de detective Flanagan. Marcó el teléfono de la policía y contó lo de las luces y las voces en las aulas del instituto. Después llamó a

Marta, y le dijo que ya había llamado a la policía, que lo esperase en casa mientras él llegaba. Después llamó a Olga y le dijo que la noche iba a ser larga, que mejor iba para casa de Ángel a hacerle compañía a Marta hasta que llegara él. Pero al salir a la carretera general, de vuelta al pueblo, y ver a lo lejos el mirador del norte débilmente iluminado por un suave destello lunar, tuvo una intuición. Eran casi las tres y media de la madrugada.

***

Tomó la carretera del mirador y ascendió serpenteando por sus cerradas curvas. Era un bello y escarpado lugar desde el que había una magnífica vista del pueblo y el valle y de algún otro pueblo vecino. En la pequeña zona de aparcamiento se sobresaltó al ver la bicicleta de Ángel apoyada sobre una baranda. Pensó en lo peor, no podía evitarlo. Y si lo peor no había pasado, Ángel debía estar congelado en la montaña a esas horas y a una temperatura tan baja. Aparcó junto a la bicicleta y apagó el motor pero no las luces, porque la pobre luz de cuatro farolas antiguas no le servía para ver con claridad. Bajó del coche y miró a su alrededor, pero apenas se veía a unos metros. Así que abrió el maletero y buscó una linterna. La cogió y apagó las luces del coche. Al poco, el tenue reflejo de la luna creciente aumentó la visión del mirador y los pedruscos que había al pie, pero Ángel no estaba. Desde la baranda enfocó con la linterna hasta donde llegaba el haz de su luz y entonces pudo ver un bulto. A unos metros más abajo, sobre una gran roca bastante plana, refulgían las ascuas que había dejado una pequeña hoguera, y junto a ella un cuerpo ovillado. Bajó hasta allí con el cuidado que pudo a pesar de su nerviosismo. Era Ángel. A pesar de ir con un anorak de montaña, guantes y gorro de piel, estaba helado y olía a alcohol, a tabaco y a vómito. Junto a las brasas que ya apenas calentaban había una botella de ginebra vacía. Lo incorporó y empezó a reanimarlo hasta que, poco a poco, su amigo fue despertando entre escalofríos y espasmos. César lo llamaba y le daba golpecitos en la cara, le frotaba las manos y la frente y por fin Ángel pronunció su nombre y abrió los ojos. Cesar le pidió que intentara incorporarse, pero apenas podía levantarse y cuando lo consiguió no podía caminar; además, en aquella zona rocosa era muy peligroso, así que, y estaba vez sí, con total seguridad en sí mismo, César se lo cargó a hombros para llevarlo hasta el coche. Tenía que hacerlo entrar en calor cuanto antes. Una vez dentro del coche le quitó el anorak y puso la calefacción al máximo. Entonces le dijo alzando la voz:

—Escucha, Ángel, voy a llamar a Marta para decirle que estoy contigo y que no se preocupe más, está desesperada. ¿Entiendes? ¿Me entiendes? —repitió.

—Sí..., claro, pero no quiero que me vea así...

César se alegró tanto de oír la voz aún débil de su amigo que solo supo contestar que no tenía nada malo que lo viera así, que todos se habían emborrachado alguna vez aunque ambos sabían que aquella no era una borrachera común. De todos modos, le dijo que, antes de la hora de salir su hija para el colegio y cada uno de ellos para sus lugares de trabajo, lo acompañaría de vuelta a casa. Después telefoneó a Marta.

—Marta, ya estoy con Ángel y está bien. Pronto estaremos en casa, entonces ya te explicaremos.

Marta le dijo que la policía ya andaba buscándolo y que habían sacado del instituto a los que se habían montado su particular fiesta nocturna.

Sintió una sensación extraña, a medio camino entre la euforia y el temor. De repente era un héroe que le había salvado la vida a su mejor amigo.

SEGUNDA PARTE

Capítulo 7

BAJA POR DEPRESIÓN

El médico especialista le diagnosticó un cuadro depresivo al profesor Ángel Vergara. Le programó unas visitas con un psicólogo y le firmó una baja laboral de tres meses. Consideró que la situación de Ángel no era la consecuencia de lo ocurrido en los últimos días o semanas sino que venía precedida de una ansiedad mucho más antigua. La primavera no lo ayudaría a salir del bache, así que lo mejor era tomar distancia y reflexionar sobre su rendimiento durante ese periodo. El equipo directivo se limitó a llevar los trámites para recibir a un profesor sustituto, como era su obligación, y poca cosa más. Solo al cabo de un par de semanas, Matías se animó a visitar a Ángel en su casa. De ahí hasta la renovación de la baja, que se alargaría lo que quedaba de curso, solo se limitó a hacer alguna llamada de teléfono, así como Alonso, y preguntarle a menudo a César por el deprimido. Otros colegas, como Margarita, Luis, Maribel y Esmeralda, se interesaron sinceramente y se turnaron para ir a verlo de vez en cuando, incluso organizaron una merienda sorpresa en casa de César con Ángel como invitado estrella. Pero la verdad es que no fueron más que momentos bien intencionados durante los cuales hablar del instituto se convirtió en un tabú y los encuentros fueron espaciándose hasta llegar a una aceptación resignada e improductiva del problema. Solo César, como era de esperar por su amistad con Ángel y su implicación como mediador, lo siguió de cerca. Aunque no había manera de que Ángel le contara lo que ocurrió la noche de la desaparición, y lo que pasó por su cabeza. Ese hermetismo le preocupaba, era como si su mejor amigo, de repente, hubiera perdido la fe en él. No era solo una decepción ante el sistema, un desánimo de la profesión, ese silencio iba más allá y César no sabía cómo llegar al quid de la cuestión. También habló con Saimon, pero el hermetismo de Saimon aún era mayor, además del tono irascible y a la defensiva que gastaba en sus respuestas. Saimon decía estar harto de que todo el mundo lo señalara como el único culpable. Ya se había arrepentido de la amenaza, ya había pagado con los castigos de su padre, ya había sido fichado por la policía municipal. Se había apuntado a un programa de iniciación laboral del ayuntamiento, las cosas no le iban mal y estaba como siempre, hasta la coronilla de ser la cabeza de turco del instituto. Él, podían estar tranquilos, ya «pasaba» de Ángel. Cualquier otro profesor hubiera hecho lo mismo, lo hubiera denunciado, ¿no?, pues ya está, para él lo de Ángel era agua pasada. Y de lo de aquella noche, él no sabía nada, que le preguntaran al profe que era el «pringao» que se había emborrachado con una botella de ginebra a palo seco. Esta era su postura cara a cara con César, y con la mayoría de profesores y el equipo directivo. Pero de puertas para adentro, o por la espalda, con la permisividad cobarde y fraudulenta de algunos pocos profesores que le reían las gracias, todos ellos a la espera de que ese fuera su último año de instituto y los dejara en paz para siempre, Saimon hacía su guerra, no podía remediarlo, consistente en generar miedo, él lo llamaba «ganarse el respeto de los demás». Al profesor sustituto, José, lo manipulaba a su antojo. Con su natural fanfarroneo de siempre y la ayuda de su coro de adláteres, le boicoteaba las clases que le daba la gana, bastaba con que ese día no estuviera de buenas o no le gustara el tema que tocaba, para que José tuviera que pasarse las horas casi enteras imponiendo un mínimo de atención. Pero José no había venido a salvar el mundo, estaba de paso y no tenía ni las ganas ni el carácter para enfrentarse a esos grupúsculos de pasotas. Además, pronto comprobó que al director y al jefe de estudios les incordiaban esos pequeños conflictos a los que ellos llamaban «gajes del oficio» y decían que para eso estaba el mediador. Pero el sustituto, como César supo por algunos alumnos valientes y algún clásico pelota, nunca le contó todas las veces en que se vio obligado a perder el tiempo. José solo tuvo una intervención comprometida cuando en una reunión del departamento de ciencias sociales criticó la distribución de los grupos por curso. Al menos se atrevió a contradecir lo que el nuevo sistema defendía y otros colegas no denunciaban por ser una posición impopular. Lo del «café para todos», lo del «cajón de sastre» en lugar de dividir a los chicos por niveles de rendimiento. ¿Qué era más discriminatorio o clasista, tenerlos a todos juntos y que los buenos entre comillas no pudieran seguir su propio ritmo de aprendizaje por culpa de los malos entre comillas? ¿O separarlos para que cada uno llevara su propio ritmo? «Díselo a Matías, o al inspector», le contestó una compañera con sorna aunque otorgándole su parte de razón. César se la dio toda y dijo que llevaba tiempo pensando en incluir una propuesta al respecto en un informe final del curso. Pero de momento, ahí estaba la convivencia, en un estado de tensión constante entre profesores de secundaria, catedráticos y licenciados en sus materias, y maestros muy veteranos haciendo de papás y mamás, de confidentes, de psicólogos sin carné o de árbitros de litigios preadolescentes.

Era curioso, le decía César un día a Esmeralda, que desde que Ángel estaba de baja él se había dado mayor cuenta de lo que venía desanimando a su amigo, al margen del conflicto con Saimon, de que cada vez era más consciente de lo difícil que se estaba poniendo ser profesor.

Por lo que se refiere a lo de las luces encendidas y la juerga en el instituto la madrugada de la desaparición, la policía municipal se presentó al director para ponerle nombre a los asaltadores, unos alumnos de segundo de bachillerato que pronto dejarían el centro. Pero el equipo directivo, entre pasillos, interpretó el asunto como una «gamberradilla» de fin de semana. ¿Es que ellos no habían montado juergas ilegales en la universidad de los últimos días del franquismo y primeros años de la transición política? No habían roto nada, ni robado nada, y los alumnos habían pagado con un expediente y el arrepentimiento explícito ante los padres y tutores, así que carpetazo. Para echarse las manos a la cabeza, pensaron otros profesores, los conocidos como díscolos frente al equipo directivo. Al menos parecía quedar claro que no había relación entre este hecho y la desaparición voluntaria de Ángel. César recordaba la carcajada de su amigo

Ángel al saber de este suceso la misma noche, y su comentario final, algo así como: «¿Unas cervezas y unos «petas» una madrugada de un lunes en el «insti»? Ojalá esa fuera la mayor fechoría de los alumnos más peligrosos». El equipo directivo, lo único que perseguía era que no se hiciera mala publicidad de «su» instituto.

***

A César un día se le ocurrió una idea y propuso a sus alumnos que opinaran por escrito sobre los profesores. Era una manera, cada vez más frecuente, de llevar su papel de mediador a las horas de clase ordinarias, de aparcar, en esta ocasión, el estudio de la revolución industrial en favor del fomento del diálogo y la reflexión. Su intención real era la de saber lo que pensaban los chicos, concretamente sobre Ángel. Y consiguió lo que buscaba, solo necesitó una puntualización:

—Me escribís una opinión o comentario concreto sobre todos, los que estamos ahora y los que puedan estar de baja —les dijo.

Y Lorena preguntó:

—O sea, sobre Ángel también decimos lo que pensamos, ¿no?

Y el resultado de los comentarios más destacados y generalizados, para cada profesor, fue más o menos el siguiente:

De Antonio, el de Educación física, habían escrito cosas como: *Huele mal* abria *que asearse más porque en la clase luego no hay quien aguante. Grita mucho y va de chulito. Nos mira mucho los tops de las alumnas. Huele mal porque no se lava hasta saber* cuando, *siempre va* sudao *y parece un abuelo. El otro día le quise decir* que tenia *el* chandal *roto y me* grito *que me callara de una puta vez, pero me las sopla (...).*

De Margarita, la de Cultura clásica, Griego y Latín: *Pone notas por nada. Está loca, a veces se* agovia *por nada, no tiene ninguna paciencia para hacer esta profesión. Le jode que lo que enseña no interesa a nadie de nosotros (...).*

De Matías, jefe de estudios y profesor de Tecnología: *va de poli bueno. No presta atención cuando nos quejamos de nuestras cosas.* Esplica *muy rápido sin paciencia. Tendría que controlar un poco los* nerbios, *no deja hablar solo habla* el. *Es bastante amable y* enrollao *si no te pasas (...).*

De Luis, profesor de Lengua y Literatura: *es guay pero cuando se pone poético no hay quien aguante. Pone muchos* deveres *cuando se enfada de un día para otro y encima de los larguitos. Si no te gusta un libro se pone como una moto. Es un paranoico de las palabras siempre con el diccionario para todo. Me catea siempre me tiene manía, no es mal* tio *pero es un plasta con los libros. Le da rabia que para triunfar en la vida no haga falta leer tanto y eso no es (...).*

De Mariano, profesor de Matemáticas: *el mejor y eso que las mates son un peñazo. Me mola porque pasa de nosotros y pone pocos partes. Da la clase y no chilla y no se pone nervioso si chillamos. Va de bueno pero es un* cagao. *Es profe de mates pero parece camionero por la pinta. Con el que mejor me llevo, no hace falta que* camvie *ya nos entiende (...).*

De Esmeralda, la psicopedagoga: *es la mejor, otros profes tendrían que aprender de ella, te habla suave y te entiende. Es per-*

fecta. Explica muy bien. Me da pena por el trabajo que tiene, que tiene mucho quiero decir. Me gustaría que fuera mi madre (...).

De Maribel, profesora de Ciencias y tutora de tercero: *me escribe cosas por el internet del insti y no da la cara ni me lo dice a la cara. Siempre* esta *encima de los alumnos y se agobia un poco. Va en contra de las guapas porque como ella es un poco fea... Les dice cosas a los padres que no son y después nosotros tenemos el problema en casa. Me da* ravia por que *le hablas normal y te dice no grites* porque *gritas y hablas normal y esto pone muy nervioso. Como profa de ciencias es la mejor, me encanta, se preocupa por nosotros y eso es bueno (...).*

De César, mediador de conflictos y profesor de Ciencias sociales: *es el mejor mediador como es el único... pero va en serio, justo con los castigos y no tiene miedo de los chulos. Quiere salvar al mundo pero no podrá. Sus clases son aburridas porque machaca con tantos datos. Va de* sicoloco *y a lo mejor lo es porque se le da. Suspendedor pero* conprensibo. *Lo siento que no le guste pero es el mejor y lo digo (...).*

Adela, profesora de Inglés y tutora de cuarto: *es la profa fasion del insti y mola. Sabe inglés de puta madre y se pone chula por eso. No se pone nerviosa si chillamos se calla y se espera. Es la mejor profa del insti y* esta *con Lolita ciento por ciento. Como soy anónimo lo digo:* esta *de buena que te cagas. Me gusta porque se sabe todas las de Tokio Hotel de memoria que es my grupo (...).*

Y finalmente, de Ángel, profesor de Historia de baja: *no es mal tío pero se* paso *con lo de Saimon y no quiero hablar. Me da pena que esté mal porque es buen profe. De este prefiero callarme. Se ponía* colorao *y sudaba en las clases hasta en invierno por el mal rollo supongo. Se quiere parecer a César pero eso no es posible. Quiero que vuelva pronto porque se enrolla en clase y no machaca mucho con los partes. Tiene miedo de los* conflitivos. *Con lo del puro a Saimon* tenia *razón lo* tenia *que hacer. Es un buen* tio *y profe (...).*

Evidentemente los comentarios más negativos no eran firmados y los más cuidadosos o aduladores firmaban con nombre y apellidos. No se daban cuenta los más ingenuos de los primeros cursos de que en la mayoría de los anónimos él iba a saber quiénes eran los autores por la caligrafía y por las faltas de ortografía.

Pensó que enseñarle aquellos papeles con comentarios sobre él y sus colegas no iba a servirle de mucho a Ángel, así que solo los compartió con Esmeralda, quien podía darle una opinión más objetiva. El viernes de aquella semana de finales de enero César fue a ver a su amigo con las manos en los bolsillos, como de costumbre, aunque arrastrando un carro de buenas intenciones y espíritu positivo. Y a veces no tenía más remedio que inventárselo y fingirlo.

***

Ángel siempre había alardeado de tener controlado el tabaco, porque fumaba muy de tanto en tanto, solo en celebraciones o momentos especiales, y entre pitillo y pitillo podían pasar semanas e incluso meses. Pero una de las consecuencias de la depresión era que ahora fumaba demasiado. «Qué importará el tabaco», decía, «si de algo hay que morirse». Pero la verdad era que César ya había caído en la cuenta de que la adicción incontrolada al tabaco se había iniciado la noche de la desaparición. «De la *huida*», le corregía Ángel a menudo hasta convencerlo. Y de hecho Ángel tenía su razón cuando argumentaba que él no había desaparecido, puesto que fue encontrado, y que él había salido y tardado en volver voluntariamente, sin coacción alguna. Pero entonces, como otras veces en las últimas semanas, cuando César le preguntaba que si en realidad había sido una huida, de qué había huido, Ángel contestaba que no lo sabía aún, y se ponía a la defensiva, consciente de que su amigo quería saber más de lo que él estaba dispuesto a contar o reconocer. Se había creado una especie de coraza, hecha de capas de miedo, le decía.

Pero cuando Ángel le contestó por dos veces que no sabía de qué había intentado huir, César notó un tic, un gesto muy sutil pero significativo, una especie de pausa, y una consiguiente aclaración como exculpatoria: «Bueno, de qué iba a huir, pues de todo, estaba saturado del trabajo». Y César pensaba que aquella pausa y aquella aclaración posterior eran un desliz del inconsciente, como reconocer en el fondo que había otros motivos menos evidentes para huir y pasarse hasta esas horas borracho y sin avisar, simplemente por estar harto de todo, como todos lo estaban.

Una tarde de viernes, dejándose llevar César por la euforia ante el fin de semana, y aunque Ángel estaba diferente, algo más irascible de lo habitual, en aquella buhardilla, desde la que podía divisarse parte del pueblo, zambullidos en una humareda casi narcótica de nicotina, Ángel se contradecía constantemente. Y en medio de esa confusión, que solo la amistad les permitía soportar, César aprovechó para hacerle la misma pregunta una vez más.

—Lo que no entiendo es que no me hayas querido contar aún qué narices hiciste tantas horas ese día fuera de casa, aparte de emborracharte...

—Ni yo entiendo por qué te importa tanto... Qué más te da... solo pasear, me pateé medio pueblo.

—Patear en bicicleta, claro, porque te recuerdo que ibas en bicicleta....

—Pues eso, en bicicleta. Poner la mente en blanco y refrescar las ideas.

—Más que refrescar, congelar, estábamos a cero o bajo cero de temperatura, colega...

—Todos los Flanagan vais de listos —bromeó Ángel—, lo de refrescar es un decir.

—Sé que te viste con Saimon.

César mantenía siempre que se vieron pero que ambos lo negaban, uno por miedo a más amenazas y el otro por miedo a más represalias.

—Te he dicho mil veces que no vi a Saimon, que no vi a nadie aparte de la gente del Truman, donde solo hablé con Tito y Eduardo... Eres un pesado.

—A mí me puedes decir la verdad, no voy a remover nada. Tú estás de baja, él te ha dejado en paz, solo le queda este curso y lo perderás de vista... Antes confiabas en mí.

—Mira, me empieza a dar igual lo que pienses, porque a veces, en lugar de ayudarme el psicólogo, Marta, tú y otros, lo que conseguís es hartarme y hacer que piense aún más en mi fracaso, el de no haber sabido enfrentarme a un niñato.

—Te entiendo, y te pido disculpas pero... solo queremos ayudarte, ponte un poco en nuestro lugar. Son muchas incógnitas, aquella noche fue muy extraña. Ha habido un antes y un después, no vemos en ti al mismo Ángel de antes de aquella noche, de antes de aquella amenaza...

—Es que a lo mejor ha habido un antes y un después, es que a lo mejor ya no soy el Ángel de antes...

Y cuando Ángel decía estas palabras su mirada se perdía en las luces al otro lado del ventanal, y su voz se teñía de matices de tristeza y congoja.

—Es posible, pero no te pongas trágico, yo también veo tu esencia incluso todavía —quería rectificar César.

—Sí, claro, la esencia, solo la esencia. Los niños que éramos y que ya no volveremos a ser nunca... o los adolescentes, como nuestros alumnos, aunque nosotros... ¿Te acuerdas? Nosotros leíamos los periódicos con quince años, plantábamos cara al poder en la transición, parábamos el tráfico en la plaza del ayuntamiento, o le pedíamos a los profes más libros que devorar al salir de clase.

—Los tiempos cambian, lo hemos hablado muchas veces. No podemos pretender que estos alumnos sean como éramos nosotros. Estos son los que son...

—Claro, es lo que hay...

Cuando César no sabía cómo contrarrestar el pesimismo de Ángel, volvía al quid de la cuestión.

—Bueno ¿y qué pasó aquella noche para que, según tú mismo, pueda haber habido un antes y un después en tu estado de ánimo?

—Lo que ya hemos hablado, una reflexión solitaria ayudada por los grados de la ginebra. Punto pelota. Una alquimia del alma, una depuración, un poner en orden las cosas, o un quedarme sencillamente en blanco para vaciarme de tanta mierda. ¿Te vale?

—¿Y esto mismo se lo has dicho al psicólogo?

—Más o menos.

—Lo digo porque si lo tienes tan claro, quizás sería el momento de volver al insti, ¿no?

—No, César, no me quieras tanto, o tan poco, una cosa es que no esté loco y sea capaz de explicar lo que siento y otra muy distinta es que tenga aún asumido que ya no creo en mi profesión...

—¿Que no crees en tu profesión? ¿Así de rotundo?

—Así de rotundo, amigo, lo siento, y es muy duro asimilarlo... Explícame por qué tú crees aún en la profesión.

—Te daría una conferencia... pero básicamente porque aún me siento útil para algunos chicos... entre otras muchas razones.

—¿Útil? Bonito... tú es que tienes esa capacidad, crees que puedes ayudar a algunos a encontrar el camino recto, muy bonito, y admirable, ya me gustaría a mí creer en eso, y tener esa capacidad... Yo me conformaba con conseguir enseñarles historia, que aprendieran unos conceptos básicos, a analizar la realidad, la histórica y la vivida, a leer un texto y comprenderlo... Fíjate qué poca cosa, con eso ya hubiera sido feliz, pero hace ya tanto tiempo que no es posible...

—Exageras, Ángel, perdona que te lo diga. Hay chicos que...

—¡Pues si exagero es mi problema! —le interrumpió Ángel—. Es así como yo me siento. Por eso yo estoy de baja sintiéndome cobarde, amenazado de muerte y hecho un idiota y tú estás ahí dando el callo por la sociedad. ¿Qué se le va a hacer? Pierdo yo, los chicos no pierden nada con mi ausencia.

—Tampoco puedo estar de acuerdo. Tú eres un buen profesor, lo has olvidado.

—Pues a lo mejor lo he olvidado, o a lo mejor lo que he olvidado es cómo se es buen profesor... Mira, esta es la realidad, esto no es como en las pelis, que llega el héroe y con cuatro golpes de efecto geniales, con música lacrimógena de fondo, arregla el mundo y se mete a los alumnos jodidos en el bolsillo.

—Claro, tienes razón, yo no pretendo tal cosa... Vivo el día a día y aún no he abandonado.

—Yo no he abandonado, César, no lo olvides, YO NO PUEDO...

—Claro, Ángel, claro. Si te parece, y te hace bien hablar de estas cosas, seguimos otro día, ahora podemos salir a tomar algo antes de que lleguen ellas.

—Muy bien, tomamos algo, pero antes te voy a decir algo más. Si quieres ayudarme, escúchame, cuéntame tus cosas, cómo te va, háblame de libros, lo que quieras, pero olvídate de aquella noche. Lo único que necesito, si quieres saberlo, es ver que puedo ser capaz de volver a las clases como quien va a una cadena de una fábrica, o a conducir un autobús o a repartir correo, sin nada más, dejándose los grandes principios en casa. Porque aquella noche lo que realmente pasó es que el profesor que fui murió para siempre.

Dicho esto, se levantó como un resorte, se puso el abrigo y se fue para la puerta, diciéndole:

—Venga, hombre, que se te ha quedado cara del tonto de la clase.

Lo cierto es que César nunca antes había oído decir palabras tan duras como aquellas a un colega de la profesión.

Capítulo 8

PUNTO MUERTO

Podría decirse que la dinámica en la convivencia del instituto había llegado a un punto muerto pero apuntaba alguna tímida mejora. Ángel llevaba ya dos meses de baja y los alumnos sabían reconocer la causa de esa baja, César ya era aceptado no solo como un buen mediador sino casi como una referencia y una necesidad que había transcendido positivamente en el entorno de los padres, el equipo directivo había creído en la necesidad de solicitar las visitas regulares de un psicólogo profesional y lo consiguió, y se vivía la euforia ante la inminente marcha de Lolita al programa de la televisión nacional que los haría populares a todos. Todo ello contribuía a la mejora del ambiente y a que las pequeñas broncas de los de siempre fueran menos estridentes y pasaran más desapercibidas.

César había ido comprobando que los alumnos que pasaban por sus horas dedicadas a pequeños asuntos de mediación, después, cuando estaban en las horas normales de clase, se esforzaban algo más por escuchar y aprovechar el tiempo. Era una tierna y sutil manera de demostrar su agradecimiento o de reconocer, como también comprobarían otros profesores, que valía la pena aprender. O algo tan sencillo como que el diálogo fomentaba la maduración natural de los chicos. Un grupito formado por cuatro alumnos de los que algún profesor había catalogado alguna vez como «los transparentes», porque el miedo, la timidez o la ignorancia o quién sabe si una inteligencia especial los hacía pasar casi inadvertidos, tuvo la gran idea de escribir una carta a Ángel, para que César se la hiciera llegar. Una carta bastante neutra pero bien intencionada en la que se interesaban por él, y le deseaban una pronta recuperación para que pudiera volver cuanto antes al instituto. La verdad es que la carta fue muy bien acogida por parte de Ángel, que les contestó con otra, llena de ironía, porque decía estar en la gloria, echándole morro al tema y tostándose al sol de una playa caribeña de vacaciones pagadas.

El mecanismo de la mediación funcionaba ya con tanta soltura que incluso los alumnos más indisciplinados hacían el esfuerzo de utilizar sus canales de diálogo. Como en el caso de una de las últimas clases de Laura, la profesora de Dibujo, en la que los alumnos Sebas y Félix montaron un desbarajuste general peleándose a puñetazos. Rápidamente los separaron los compañeros y ellos, ya calmados, de inmediato hicieron el esfuerzo de pedir disculpas a César por escrito. Y la nota, un gesto inaudito en ellos, que de otra parte buscaba evitar la mediación y la posible sanción, decía así:

Hora de clase que sucedió el conflicto: martes de 8:00 a 9:00 h.

Señor César:

Le comunicamos con esta carta lo sucedido en la hora de dibujo, estábamos jugando en clase, cosas nuestras sin importancia, la profesora pensó que estábamos peleando y al estar un poco cansada la profesora de avisarnos, recurrió a los partes. Dice que nos dimos puñetazos pero solo fueron empujones. Ninguno de los dos estamos en condiciones de tener partes, por eso creemos que se puede solucionar el conflicto con limpiar el patio, las mesas o hacer otros trabajos así, etc. Nos comprometemos a cambiar 100 % el comportamiento, ya que no queremos que nos expulsen, porque estamos en una situación crítica.

Atentamente,

Sebastián Lima y Félix Bonet

Pd: Esperamos su respuesta.

César valoró el esfuerzo de los chicos y después de una conversación en la hora del patio, con la que consiguió sacarles los colores por un comportamiento, dijo, indigno de su edad, más propio de niños de preescolar, los castigó a permanecer estudiando en la biblioteca durante los recreos del resto de la semana. Ellos lo consideraron una victoria, trocar un parte por un castigo tan leve les provocaba una sonrisilla socarrona.

Mercedes Castillo, la psicóloga que enviaba la administración educativa, a quien algunos ya conocían por ser quien visitaba en el centro de atención primaria, venía dos veces por semana al instituto. César y, especialmente, Esmeralda le proponían la atención de los casos más difíciles, aquellos en los que intuían que había causas que a ellos se les escapaban y que podían explicar sus comportamientos tan negativos en clase y fuera de clase. A algunos alumnos, tuvieran o no encuentros regulares con ella, nunca mejor dicho, les abrió la mente. Decían que era muy seria, pero que te hablaba de una manera, con un lenguaje tan profesional pero tan claro, y que te hacía unas preguntas tan «listas», que quien no reflexionara con ella es que era idiota o directamente malo. Evidentemente, Saimon era uno de los casos atendidos por Mercedes y, claro está, ella descubrió pequeñas cosas que se explicaban por sí solas.

Pero hubo algo, un pequeño detalle, que llamó mucho la atención de Mariano primero y de César y otros profesores después. Algo que rompía sus esquemas, quién sabe si demasiado rígidos o estereotipados. Un detalle que pusieron en conocimiento de Mercedes.

Un domingo, Mariano decidió ir con su familia a comer a un restaurante cercano al barrio del instituto. Al pasar por la plaza del quiosco vio a Lolita y a Saimon sentados en un banco. Esto no tendría que ser tan extraño, aunque en el instituto nunca se les veía juntos y pertenecían a grupos de alumnos absolutamente contrapuestos, ella de cuarto A y él de cuarto C, y aunque Lolita era una buena alumna y él apenas aprobaba Educación física y alguna otra con un cinco justo; allí estaban, charlando tranquilamente y contradiciendo una lógica, a veces absurda, según la cual dos alumnos tan dispares no solían hacerse amigos. Mariano le dijo a Mercedes que pasó de largo pero que, como quien se frota los ojos para estar seguro de lo que estaba viendo, quiso dar otra vuelta para pasar cerca de ellos, rodeando la plaza, y verlos de nuevo. Y entonces le llamó aún más la atención la forma en que estaban sentados. Ella tenía sus piernas apoyadas sobre una de las piernas de Saimon y Saimon descansaba su mano en la nuca de Lolita. Y esa manera de estar sentados es lo que más le sorprendió.

***

Cuando José, el sustituto de Ángel, supo que iba a estar hasta final de curso porque Ángel no se incorporaría hasta septiembre, cambió de actitud. Se comprometió más en la convivencia y en sus actividades, y como compañero de departamento. Algunos podrían pensar que se equivocó en alguna ocasión, pero como solo se equivocaba el que tomaba partido y él había pasado de un moderado pasotismo a la acción, el cambio le reportó beneficios en el día a día. La misma mañana en que Alonso le renovó la documentación para que terminara la sustitución hasta acabar el curso, se la pasó diciéndoselo a sus alumnos y siendo políticamente incorrecto al utilizar la nota final como arma coactiva. Pero como una cosa es la apariencia y otra la realidad, sus técnicas dieron su fruto.

—Chicos, Ángel no se incorporará hasta el próximo curso, lo siento, no haberlo sacado de sus casillas..., así que me vais a tener hasta el último día, y voy a ser yo quien os ponga la nota final de Sociales. Cuando esto acabe yo me iré y no me veréis más el flequillo, así que vamos a llevarnos bien, la cosa no va mal... pero ahora tenéis una razón más para poneros las pilas.

Esto fue lo que les dijo a todos en general. Y se notó. La verdad es que los grupos que él llevaba, que eran los más heterogéneos, se aplicaron algo más. Otro día, la tuvo con Celestino, uno de los gallitos de primero de bachillerato con quien había tenido roces desde el principio. Lo que José le dijo al alumno no hubiera sido aprobado por Mercedes Castillo, y César lo supo porque el chico vino a hablar con él quejándose de que el profesor lo había amenazado. Pero César supo darle la vuelta y restarle importancia. Después, se tronchaba de la risa cuando se lo explicaba una tarde a Ángel:

—Se ve que Celestino se pasó la clase dando la nota por lo bajini, o sea, interrumpiendo, haciendo preguntas absurdas, bombas con el chicle y esas cosas... Entonces José le pidió que se quedara al terminar. Y le preguntó: «¿Oye, a ti te gusta el cine, verdad?» El chico contestó que sí. «¿Y has visto una película bélica titulada *La chaqueta metálica?*» Y él, que no, no la había visto, que por qué lo preguntaba... Y fue cuando José se le acercó a la cara y le dijo: «Porque un sargento le dice a un soldado capullo: me voy a pedir una ración de huevos y me los voy a comer y, de segundo, me voy a pedir otra con los tuyos, soldado...»

Celestino no le contestó, porque José no le dio tiempo al dejarlo allí cariacontecido. El alumno se quedó tan de piedra ante el tono castrense de la frase que lo único que pensó fue en venir a quejarse.

—¿Y qué le dijiste? —le preguntó Ángel escapándosele la risa.

—Que si se iba a mosquear por una broma así cuando ellos se pasaban la vida haciéndolas peores... más o menos. Que era mejor eso que no una nota al tutor, que si no los había oído nadie no tenía por qué ofenderse tanto, que era una forma muy sui géneris de marcarle el territorio y que no la aprobaba pero que tampoco era para formarle un consejo de guerra, y Celestino sonrió al oír la palabra, y que no se preocupara, que de todas maneras hablaría con el profesor.

—¿Y se quedó convencido?

—Pues sí, eso parece. La verdad es que está algo más tranquilo...

—Pero, César, entrar al trapo es peligroso... Tú sabes que yo no podría haberle dicho eso a Saimon, por ejemplo, ni él tampoco. Celestino es un chulito pero no es nadie, con otro alumno podría haberle salido mal.

—Es posible. Por cierto, me parece que Saimon está enamorado...

—¿De quién? ¿De Estela?

—De Lolita.

—Claro, como todos, y quién no. Pero lo tiene mal, ¿no?

—Mariano los vio juntos un domingo...

—Ah, muy bien, ya me contarás.

—Es que Saimon esconde cosas... Eso dice Mercedes, la psicóloga, y yo estoy de acuerdo.

—Cosas nada buenas, seguramente.

—No lo sé, es posible, pero no es el único. Conozco a otros que esconden cosas que seguramente no son nada buenas y no se las explican ni al psicólogo ni a su mejor amigo. En eso Saimon no es diferente.

—Ya, ¿y sabe Mercedes lo que José le dijo a Celestino?

Estaba claro que Ángel había captado la indirecta y que no quería seguir hablando de Saimon, ni de aquella noche suya misteriosa. Pero tampoco César quería forzarlo aún más y últimamente se movía en el terreno de la ironía, cosa que Ángel aún soportaba con paciencia, mejor que al principio de su baja.

—No, no se lo hemos dicho porque el chico ha reaccionado positivamente. Digamos que José ha marcado un territorio y le ha salido bien. Creo que el otro día, Celestino le devolvió la indirecta con otra peli: que si había visto la mítica *Oficial y caballero,* le dijo, y le citó una de las muchas frasecitas, no recuerdo cuál pero era una de esas de cuando el soldado le planta cara al sargento... ¿Tú te acuerdas de la película?

—Sí, pero tampoco es mi estilo comunicarme con los alumnos a través de los guiones del cine.

Ángel había hablado en presente por primera vez desde que le dieron la baja. Parecía como si la anécdota protagonizada por su sustituto le hubiera hecho sentir celos profesionales, y eso no estaba mal. Al marcharse Ángel, César recordó que en esa película, *Oficial y caballero,* hay una escena en que el soldado de la academia se pelea con el sargento instructor, y aunque le gana la pelea, ambos salen bien zurrados mutuamente.

***

Antes de terminar el segundo trimestre, hasta la inspección educativa de la zona aprobó la circunstancia de que Lolita, excepcionalmente, por ser una buena alumna, a punto de terminar la ESO y antes de empezar bachillerato, hiciera los exámenes finales anticipadamente y le guardaran la nota en previsión de que su éxito se alargase y ya no finalizara el curso. Valía la pena, casi todos estaban de acuerdo. Después de Semana Santa empezaba el programa de televisión *Objeti-*

vo Éxito, iba a hacerse famosa, como su instituto, su barrio y el pueblo, algunos de sus compañeros y quién sabe si hasta alguno de sus profesores. Entre estos últimos, había tres grupos: los que no querían ni oír hablar del tema; los indiferentes, entre los que se encontraba César, que por su papel de mediador le tocaba directamente una postura más neutra, y los directamente llamados «loliteros».

Lolita lo aprobó todo con buenas notas, le hicieron una fiesta especial entre sus mejores amigas de clase, aunque después se apuntó medio instituto, incluso Saimon, a quien nadie excepto Lolita esperaba en la comida del restaurante y, después, en la discoteca Éxtasis. Los «loliteros», Matías, Esmeralda y César pudieron verlo camuflado entre la marabunta de incondicionales, amigas y amigos de verdad y adolescentes frustrados por sentirse tan cerca y tan lejos de un sueño hecho realidad.

Saimon iba solo, sin sus habituales compinches de trastadas. Se movía por los márgenes del gran grupo de compañeros eufóricos, sin acabar de mezclarse con ellos, como si un aura de malo lo convirtiera en una burbuja de acero que nadie se atrevía a traspasar, excepto los profesores. Iba con su pose de duro de siempre, pero esta vez con un ligero barniz de normalidad y hasta un punto presumido. Un tejano nuevo, una camiseta de un grupo musical de moda, y el pelo que, encrestado en diferentes direcciones, delataba su paso por una peluquería de diseño. Esmeralda y César enseguida fueron a hablar con él, con la intención de rescatarlo de su aislamiento.

Esmeralda fue la primera en romper el hielo.

—Hola, Saimon, me alegro de verte, pero no sabía que te interesaban este tipo de fiestas...

—Es que no me interesa la fiesta... no tenía nada mejor que hacer —contestó él a la defensiva.

—Pues está muy bien que de vez en cuando participes en los intereses de los compañeros.

—Vale.

—A lo mejor es que tienes más amigos de los que nos pensamos... intervino César con la intención de llegar al motivo real de su asistencia, que en el fondo sospechaba.

Pero Saimon, con su agudeza y su contundencia naturales, dio por terminada la conversación.

—Es que no se cansan de hacer de *sicolocos* ni en la calle... Siempre van de listos, joder... Hoy la discoteca es gratis, la paga el Ampa. Punto.

Y se alejó de ellos, que se quedaron con la palabra en la boca y realmente sintiéndose por una vez un poco angelitos de la guarda. Saimon se acercó a un grupo de chicos que rápidamente le hicieron un hueco. Poco después se sentaron a comer. Hubo un discurso de Matías, otro de Estela, en nombre de los compañeros de clase que le regalaron una cinta para el pelo y una sudadera para las clases de gimnasia de la academia de futuras estrellas. Hubo sonrisas y lágrimas y después se fueron a la discoteca en horario de tarde. Pero los profesores no fueron allí, en su lugar lo hicieron algunos padres del Ampa.

Saimon y Lolita buscaron su rincón en la discoteca para despedirse. Sin que fuera necesaria una confirmación por parte de nadie, porque además los dos habían sido muy discretos hasta entonces, aquello fue la evidencia palpable de que entre ellos había algo especial.

—Bueno, esto se parece al cuento aquel, el de la bella y la bestia —le decía Saimon.

—Sí, en el que al final, la bestia no lo era tanto ¿no? —le contestó Lolita desarmándolo.

—Es igual, que me alegro de todo lo tuyo, no sé cómo decírtelo...

—Gracias.

—Llegó el final...

—O el principio.

—El principio ¿de qué?

—No lo sé, a veces valoras más las cosas cuando las echas de menos...

Y así, siguieron hablando de lo que les esperaba en la ausencia, sin atreverse a las promesas, a afirmar unos sentimientos, pero con la convicción de que estaban ahí, dispuestos a romper con todos los tópicos menos uno, que las guapas de la película siempre terminan enamorándose del chico malo.

***

La ausencia de Lolita en el instituto abrió una brecha en el curso, una frontera entre el antes y el después de que la ya alumna estrella marchara para probar suerte en el negocio de la televisión. Toda la semana giraba en torno al programa concurso, especialmente la mañana de los miércoles, día siguiente a la emisión televisiva. Así que se trataba de una ausencia solo física porque la imagen de Lolita lo inundaba todo y se había convertido en una excusa para que alumnos y profesores, cada uno según su posición, analizasen la importancia de la imagen en el mundo actual, el valor de la cultura y del esfuerzo, y se replanteasen el concepto del éxito una vez más. Isaac, el profesor de Música, utilizó el programa, que grababa cada semana, para dar sus contenidos, cosa que fue aplaudida por la mayoría. Esmeralda aprovechaba también cualquier excusa que surgiera del mismo para hacer reflexionar a los alumnos sobre la actitud de los concursantes: ahora humilde y esforzada, ahora caprichosa, maleducada o prepotente, según el concursante. Y lo mejor es que Lolita se estaba convirtiendo en un buen ejemplo para sus compañeros, por su carácter trabajador y sensato. Todo ello produjo algunos efectos positivos, como por ejemplo, inesperadamente, la armonía inaudita entre Susana y Vanessa, que ahora, lejos de enfrentarse como antaño, se habían unido en torno al fenómeno de Lolita. Así, aunque la mayoría de los profesores se apuntaron sin remedio al efecto Lolita, con una actitud bien intencionada y encomiable de llevar el caso a sus intereses educativos, otros tantos, entre los que se encontraban César, Margarita o Luis, luchaban contra el espejismo de una realidad aparente y ponían el dedo en la llaga. Por debajo de la euforia había un sustrato de frustración entre los alumnos menos brillantes. Pensaban que el fenómeno ponía de relieve una idea contaminante que la sociedad actual y los medios de comunicación habían inoculado en la conciencia adolescente: si ser famoso podía ser tan fácil y no iba a requerir tantos contenidos, todo el estudio y los años de sacrificio, estar allí aguantando a padres y profesores era una pérdida de tiempo. Al mismo tiempo, los más débiles, los menos agraciados físicamente y los menos duchos en el arte de las relaciones sociales, cuando no, los que concentraban en un solo individuo todas estas circunstancias a la vez, se sentían más frustrados y pequeños que nunca. Cuando algún familiar, amigo o vecino se dirigía a estos profesores más reacios, más cautos o, según algún «lolitero», directamente más aguafiestas o envidiosos, y les decían «no veas con Lolita, estaréis contentos en el instituto, que se va a hacer famosa la niña, felicidades por la parte que os toca», ellos contestaban entre dientes «sí, estamos muy contentos por ella pero solo nos faltaba eso a nosotros en el instituto». Y si, no habiendo entendido aún la respuesta, replicaban con un «¿por qué?», César, Margarita o Luis remataban con un acertado diagnóstico que difícilmente afloraba en público, pero que ellos sabían que estaba haciendo mella por debajo, «porque ahora todas las chicas quieren ser como Lolita y se olvidan de sí mismas y todos los chicos querrían que sus novias fueran como ella... y eso es peligroso».

Ese era el caldo de cultivo generado por *Objetivo Éxito*.

A Nguema, quién lo iba a decir, sin embargo el programa le sirvió para mejorar su castellano ya que ahora no hacía más que canturrear las canciones que Lolita interpretaba cada semana. Y era de los que se había pegado como una lapa a los grupitos de *fans* incondicionales, generalmente chicas, lo que también contribuyó a que se integrara un poco más y se distanciase, con esa coartada, de comportamientos inconvenientes.

Saimon parecía no estar por la labor, ni cacareaba como él decía *el puto programa de triunfitos*. Pero quienes estaban cerca de él sabían que sí que seguía los pasos de

Lolita por la tele. Porque cuando alguien comentaba algún episodio destacable, él, sin darse cuenta seguramente, en un descuido de su carácter orgulloso, asentía, discutía o descalificaba al compañero comentarista de turno. Pero la verdad es que parecía algo más tranquilo, desaparecía del instituto menos frecuentemente, haciendo que casi no se notaran tanto sus misteriosas ausencias.

Capítulo 9

DIÁLOGO

Las broncas no siempre se producían al coincidir con una nota-queja-parte del instituto y una borrachera de su padre. En absoluto, es más, su padre no era un borracho aunque muy de tanto en tanto cogiera una melopea para aislarse de sus frustraciones que, como eran tantas y su carácter tan débil y cobarde, quizás sí que iban a terminar definitivamente abandonándolo al alcohol. Una vez Saimon se lo explicó a un colega del instituto, en tercero, el año anterior, pero como este no supo qué decirle o cómo ayudarlo y sí qué bromas gastarle cuando estaban de malas, Saimon un día le pidió que se olvidara de él y que jamás le contara a nadie sus problemas con su padre, de lo contrario, iba a ir a por él..., añadió amenazante. Desde entonces, y ya hacía demasiado tiempo, ni una palabra más a nadie. Él solito se lo comía. Incluso había aprendido a encajar los golpes, o si estos le marcaban la cara, o un brazo, por ejemplo, las pomadas que tenía que ponerse y los días que tenía que hacer pellas para que en el instituto no se dieran cuenta. El orgullo de Saimon le impedía reconocer, él nunca había sido un llorica, que su padre los maltrataba. Y como tampoco tenía un hermano en quien apoyarse, solo le quedaba su madre, también víctima de la violencia física y psicológica en aquella triste y rota familia. A Saimon su padre se la tenía jurada desde lo del trapicheo con la droga, así que saltaba por cualquier cosa y lo atosigaba más de lo que habitualmente merecía. Como en la última pelea.

Una noche, el padre de Saimon le recriminó a voces a la madre que la comida que le había preparado era la misma porquería de siempre. Y a continuación, escupió una de sus retahílas de desvaríos. Que si querían acabar con él, que estaba harto de los dos, que Saimon era un inútil y un gamberro, que su mujer estaba gorda y no valía ni para cocinar, que cómo le agradecían las horas que se pasaba haciendo portes con el camión... Hasta que Saimon le alzó la voz y se atrevió por primera vez a decirle «basta» mirándolo a los ojos y retándolo con su mirada cargada de ira. Después vino el alzarse enérgicamente de su padre hasta llegar al metro noventa del animal que era, lanzar el plato al suelo, dar un puñetazo en la mesa con el puño izquierdo y con el derecho clavar los nudillos en la cabeza de Saimon, y cogerlo por el cuello hasta marcarle todos los dedos, y decirle que era un mierda que no llegaría a nada en la vida, que a ver si acababa ya el puñetero instituto obligatorio y se iba a trabajar por ahí y se compraba una moto de segunda mano y se estrellaba. «Y tú te callas que tienes toda la culpa», le gritó también a la madre. Y después le apretó aún más el cuello a Saimon y cuando a este, sin poder librarse de las manazas de gigante de su padre, empezó a enrojecérsele la cara y los ojos, entonces lo soltó de un empujón empotrándolo contra la puerta de la nevera. Luego se fue dando un portazo y los dejó allí tirados. La madre lloraba y Saimon, reponiéndose de la impotencia con agua fría en la nuca, la consolaba tímidamente, sin saber qué decirle. Poco después se fue al baño. Miró en el espejo su imagen desdibujada, quizás sin querer verse, porque lo único que pasaba por su mente eran imágenes terribles con su padre como víctima imaginaria. Observaba su propia imagen de reojo como si fuera el personaje de una tragedia y le daba vergüenza ser el protagonista.

Poco a poco fue calmándose y cuando ya había recuperado el ritmo normal del pulso, la rabia contenida y el odio, se recolocó en el mismo sitio, en un hueco que con el tiempo se le había formado en el corazón. Y se preguntó si su padre, al cogerlo por el cuello, sentiría ese extraño placer, el mismo que él sentía en el instituto ante la debilidad de los demás cuando él los dominaba a su antojo. Las marcas del cuello le iban a obligar a llevar su pañuelo palestino al instituto. Además, no podía faltar ya más a clase.

***

Mercedes ya se había visto un par de veces o tres con alumnos como Saimon. Su labor empezaba a dar sus frutos al tiempo que significaba una descarga de trabajo para Esmeralda y César. Pero un día ambos fueron citados por el equipo directivo y la propia Mercedes para una reunión de urgencia. Alonso y Matías supieron estar a la altura de las circunstancias, como siempre se había esperado de ellos, aunque no siempre lo consiguieran mientras que Esmeralda y César no pudieron evitar un sentimiento de frustración. Su empeño no había sido suficiente para ver la gravedad del asunto.

—Mercedes nos ha comunicado algo que afecta a Saimon y a todos nosotros y queremos saber qué pensáis, si tenéis algo que aportar —empezó diciendo Alonso—. A ver si entre todos buscamos soluciones.

La psicóloga fue directa al grano.

—El tema es muy sencillo y muy delicado al mismo tiempo, el padre de Saimon es un maltratador, el chico sufre un síndrome de baja autoestima con comportamientos violentos y de desprecio hacia todo lo que lo rodea por culpa de la situación que vive en su familia.

Esmeralda y César se miraron compungidos. Esmeralda se estiró hacia atrás sobre el respaldo de la silla y César resopló largamente con una expresión de gravedad en su rostro. Después se inició un diálogo determinante en el que no había resquicios para la duda porque de repente el diagnóstico les resolvía muchas incógnitas, aunque no hubieran imaginado que algo así estaba pasando y eso los contrariaba.

—¿Te lo ha dicho él?

—Sí y no. Es muy difícil que algunos chicos como Saimon reconozcan cosas así. Normalmente intentan escurrir el bulto, tienen miedo a las consecuencias... Si no, ya os lo hubiera contado a vosotros.

—Pero ¿cómo no nos hemos dado cuenta antes? —dijo Esmeralda mirando hacia la ventana que daba al patio.

—Esmeralda, no te castigues, estas cosas no siempre se detectan hasta que ocurren desgracias mayores. Vosotros habéis hecho un gran papel. Sin vosotros él nunca hubiera venido a verme a mí y ahora no deberíais pensar en lo que podríais haber hecho o no, ahora se trata de actuar coordinadamente.

—Pero ¿cómo has llegado a esa conclusión? ¿Qué ha sido lo que Saimon te ha contado?

—A veces los silencios hablan más que las palabras. El maltrato desgraciadamente es una realidad que a menudo está en el sustrato de comportamientos anómalos, pero algunos chicos como Saimon, que es valiente y muy orgulloso, prefieren pasar página, porque es mayor el miedo a las consecuencias que su propia valentía. Hablamos de su familia, de cómo ven los padres sus fracasos escolares, cómo reaccionan ante ello y cosas de esas, o cómo es la relación que tienen entre ellos, por ejemplo... Y un día no contesta, otro desvía la mirada y lucha por romper el silencio o seguir callando, o muestra pena por su madre, o se pone un pañuelo en el cuello, o se tapa con una mano una marca sospechosa en un antebrazo. La semana pasada faltó dos días y después vino con un corte en el labio. Hasta que un día le preguntas si su padre es violento con él y contesta con un no rotundo, nervioso pero poco convincente. Y se lo preguntas otro día y esta vez calla. ¿Le habéis visto alguna vez llorar o enrojecidos los ojos? Es normal, creo que yo he representado para él una tabla de salvación... En la última sesión, volví a insistir y él volvió a callar, pero esta vez apretaba los dientes y los ojos reprimían las lágrimas. Yo le dije que estaba claro, que no hacía falta que me respondiera, que se marchara tranquilo, que aprovechara los fantásticos profesores que tiene y que volveríamos a hablar. No sé qué pensáis, pero yo creo que no me equivoco. No tenemos pruebas mientras él no quiera reconocer la situación, pero yo estoy convencida de que el padre de Saimon lo maltrata física y psicológicamente.

De repente, hubo unos segundos de silencio, hasta que de nuevo Esmeralda, muy afectada, volvió sobre lo mismo.

—Pero ¿cómo hemos estado tan ciegos...? Yo también le había visto alguna vez algún moratón en la cara, pero no se me ocurrió otra cosa que pensar que era fruto de sus peleas callejeras.

—Esmeralda, es que también podría ser así... de todos modos no tienes que sentirte culpable. Saimon es un chico muy introvertido, difícilmente iba a venir a decirte: profe, mi padre es un cafre... ¿No lo entiendes? Ni siquiera a mí me lo ha dicho, pero creo que su silencio es elocuente. Ahora tenemos que reaccionar y pensar en qué podemos hacer por él.

—Yo no lo hubiera pensado nunca, la verdad, pero sí que sé por Ángel que el chico temía las represalias de su padre, llegar con partes a casa y lo de la droga fue definitivo. Aunque solo hablamos con la madre... él estuvo unos días sin venir. Es sintomático que solo la madre firme las notas, los comunicados... ¿No crees?

—Es otra prueba que abona mis sospechas.

—Bueno, ¿y cuál es el protocolo a seguir en un caso así? Es la primera vez que me encuentro con esto —preguntó César.

—Si Saimon acusa a su padre, Mercedes hace un informe y este se lleva a los servicios sociales y a la inspección educativa. Es un proceso muy desagradable que suele acabar en nada hasta que ocurre alguna desgracia —contestó Matías—. El padre, por lo que me imagino, puede hacérselas pagar aún más al chico o incluso tomar represalias contra nosotros. Conozco un caso de un padre que agredió hace unos días a un jefe de estudios en la puerta de un colegio de Madrid... El tema es complejo y debemos medir muy bien los pasos que vamos a dar.

César, en aquel instante, no pudo evitar pensar en Ángel. Sabía que su colega tendría algo que aportar al tema.

—Matías tiene razón, hay que estar unidos y decidir conjuntamente lo que vamos a hacer. De entrada, no podemos ir por la vía legal. Hay que soltar algo la cuerda con el rendimiento académico del chico y hablar con él y ponerle las cartas sobre la mesa. Es listo y sabe que todos tenemos un problema pero si él no es el primero en colaborar, estamos atados de pies y manos y todo lo que yo puedo hacer es seguir dándole estrategias para minimizar el impacto que su relación paterna tiene sobre su vida escolar y personal.

—Pobre chico... —decía Esmeralda volviendo a su sentimiento de culpa.

—Esmeralda, pobre chico, sí y no. Pobre chico por tener un padre así pero no perdamos de vista que él también es responsable de sus actos. Tiene ya quince años y sabe que hace mal cuando paga su malestar con los demás. Eso es lo primero que tenemos que hacerle ver, que tiene que cambiar su actitud, invertir su coraje, que lo tiene, para enfrentarse a su problema. ¿Cómo? En primer lugar rodeándose de amigos, adaptándose a la convivencia en el instituto, preocupándose más por su formación y por lo que quiere hacer cuando salga de aquí; y si su situación familiar no mejora, sencillamente denunciándolo a la autoridad competente. Hemos pensado en una estrategia a seguir desde hoy.

La estrategia consistía en hablar con él abiertamente del problema, después, si Saimon colaboraba, en hablar con los padres sin mencionar el asunto, y según evolucionase el caso, llegar hasta el final de la cuestión. César sabía que le iba a tocar una difícil conversación con Saimon, pero antes no iba a poder evitar hablar con Ángel. Estaba convencido de que tenía mucho que decir al respecto, de lo que no estaba tan seguro era de la voluntad de su amigo para implicarse en el tema cuando él, en el fondo, también había sido víctima de otro tipo de maltrato. Era la consecuencia de una profesión a la que cada vez se le exigía más.

***

A César le sorprendió gratamente que Ángel, que apenas había salido de casa en los últimos tres meses, aceptara quedar en el Truman como siempre habían acostumbrado a hacer. Saludaron a Eduardo y a algún vecino. Recordaron vagamente la tarde y la noche en que fue a buscarlo al bar y también, con más nostalgia que alegría, las veces, en el mismo bar, en las que habían hablado de sus clases, programado actividades originales para los alumnos, o planeado viajes con sus familias. Un tiempo cercano que, sin embargo, parecía estar demasiado lejos de la realidad. Terminándose la primera cerveza, César puso el asunto sobre la mesa.

—Tengo algo que decirte...

—Claro, tú siempre tienes cosas que contarme... por eso me sacas de mis casillas —bromeó Ángel.

—La psicóloga del centro, Mercedes, nos ha dicho que a Saimon lo maltrata su padre, que le zurra, hablando claro.

—No me sorprende.

—¿Que no te sorprende? Pues nunca me habías dicho nada al respecto...

—Tampoco nos contamos todos los detalles de nuestros alumnos, ¿no?

—De acuerdo, pero esto no es un detalle ni Saimon es un alumno normal.

—¿Me estás acusando de algo?

—¡Por Dios, Ángel! ¿Cómo te voy a acusar de nada? Simplemente te cuento algo muy grave y necesito tu opinión.

—Pues ya la tienes. No me extraña lo que me cuentas. Se acabó. ¿O es que nadie más lo imaginó, igual que yo?

—Pues se ve que no, yo el primero, nunca me había encontrado con este tema.

—O a lo mejor es que lo más fácil es mirar para otro lado y no mojarse...

—A lo mejor. Entonces ¿es eso lo que tú hiciste?

—Me estás tocando las narices, César... Ya tuve bastante con el psicólogo para que encima ahora vengas tú a psicoanalizarme otra vez, ¿no crees?

—No es mi intención. Te hablo como un amigo y tú no haces lo mismo. En cuanto toco un tema que te molesta te pones a la defensiva y pasas de mí, y me haces sentir un plasta... ¡Ya está bien!

—Pues lo siento, todo lo que puedo decirte es que no me extraña, pero tampoco tuve jamás ninguna evidencia ni él me contó nada. Solo que una vez, cuando me abordó en la librería, me dijo que si su padre se enteraba de no sé qué pasó entonces, lo iba a matar... Pero me pareció solo una expresión, una manera de hablar, no le di más vueltas...

—Vale, estoy de acuerdo contigo. ¿Ves?, no es tanto lo que te pido.

—Pues cambiemos de tema.

—¿Tan poco te importa?

—¡¿Poco?! Y tú, ¿te has olvidado de que me amenazó de muerte?

Ángel por momentos perdía un poco el control y elevaba el tono de voz, o movía el cuerpo como para levantarse de la mesa y marcharse.

—No, no lo he olvidado, pero por eso mismo creo que tú también eres una víctima de la misma historia. Joder, desapareciste toda una noche y aún no me has contado nada de lo que pasó... Ponte en mi lugar.

—Aquella dichosa noche es cosa mía, no tiene nada que ver con Saimon, ¿vale? Y te contaré lo que tenga que contarte cuando esté preparado o simplemente me apetezca. La amistad es respeto sobre todo, ¿o no?

—Vale, pero...

—¡Ah! Y yo no soy víctima de esa mierda, yo solo he sido víctima de mí mismo, si no, todos estaríais de baja... Por suerte existís los héroes.

—No me vengas con ironías, yo no me considero un héroe. Simplemente creo que esto forma parte de mi profesión.

—Ese es uno de los problemas, que yo no creo que salvarles la vida forme parte de nuestra profesión, no somos sus padres, somos solo sus profesores, César.

—Vale, ahí podemos tener diferentes puntos de vista, pero de entrada a ti esta situación te ha afectado muy directamente.

—¿Y a ti no?

—Sí.

—¿Entonces?

—Entonces, por eso te pido que me digas qué piensas, que me ayudes a ver qué podemos hacer.

—Mira, a ese cafre de padre no lo vamos a cambiar.

—Pero debemos ayudar al chico.

—Hablad con él.

—Y tú ¿hablarías con él?

De repente guardó silencio unos instantes, como pensando qué decir y, al final, su respuesta a César se le antojó una primera victoria para Saimon, pero sobre todo para el mismo Ángel.

—¿Por qué no? Si Saimon quiere ser ayudado y yo puedo aportar algo...

—¿Te parece poco? Este es el Ángel que siempre fuiste. Yo hablaré con él, Esmeralda también, y la psicóloga. Y ya te iré contando.

—Tema zanjado, me voy que me espera Marta.

—Una cosa más.

—¿Qué?

—Simplemente gracias, colega.

—Te lo mereces, y espero que Saimon también lo merezca.

Se levantaron de la mesa, Ángel pagó la consumición y se despidieron en la puerta del Truman con más protocolo de lo normal. Pero cuando César miró hacia atrás y vio alejarse a su amigo, algo en sus andares, una disposición decidida, un aire de normalidad que le recordaba momentos no tan lejanos, lo convenció de que había superado una primera fase en su recuperación. Volvía a sentirse útil.

***

Solo habían pasado cuatro días de la conversación con Mercedes Castillo cuando Esmeralda y César tenían ya preparado su encuentro con Saimon. Alonso y Matías estaban informados de que esa mañana iban a hablar con él, pero antes José, el sustituto de Ángel, le dijo a César algo que lo reconfortó y lo predispuso al éxito de su estrategia. Saimon simplemente le había preguntado a José si sabía cuándo se iba él y se reincorporaba Ángel a las clases. Esto y su reciente actitud más pacífica, aunque siguiera hablando con su chulería habitual, así como su mejor atención en las clases, demostraban que haber hablado con Mercedes y de alguna manera haber reconocido que tenía un problema lo convertían en un buen objetivo para la mediación. Como si ahora ya pudiera hacer el viaje a la inversa, del conflicto a la normalidad, de la psicóloga al mediador y de este al tutor, a las clases y a la convivencia normal con sus compañeros. El punto de partida era óptimo. Así pues, durante el recreo, Esmeralda y César le pidieron la entrevista.

—Saimon, después del recreo tienes clase de Educación física y después terminas, ¿no?

—Claro, si os sabéis el horario mejor que yo.

—Pues nos gustaría hablar a los dos contigo después de esa clase.

—¿Hablar? ¿De qué? Ya me va de puta madre con la *sicoloca*...

—Ya, pero eso no quiere decir que no podamos hablar también nosotros, hoy Mercedes no está y hace tiempo que no nos sentamos...

—Vale, ya estoy acostumbrado, estoy más solicitado que el dire, pero después de gimnasia estaré *agobiao,* ahí pegando brincos y sudado como un puerco... Os cambio la cháchara por la clase de Antonio, que se joda...

—Tú eres un negociante, eso está claro. Mira, tenemos que pedirle permiso a Antonio, si él está de acuerdo, trato hecho. De entrada te vas al gimnasio, no te cambies hasta que vengamos a buscarte o Antonio te diga lo que hacemos, ¿vale?

—Hecho.

Esmeralda y César sabían que Antonio no iba a poner pega alguna, de hecho, para muchos profesores, no tener a Saimon en clase era un alivio. Así que Esmeralda hizo un pequeño cambio con unas clases de repaso de segundo curso, Matías cubrió la clase de Historia de César y, media hora más tarde, los tres se veían en la sala de visitas.

***

Allí lo esperaban, sentados en una mesa redonda, sin libros, sin papeles, y con la excitación de quien va a encarar un tema muy delicado y nuevo para ellos como profesores. Pronto llegó Saimon, con sus deportivas raídas sin acordonar, sus pantalones caídos enseñando la mitad del calzoncillo, su camiseta desteñida, su pelo encrestado con gomina y su *piercing* en el labio inferior. Se sentó como tantos alumnos solían hacer, con las lumbares prácticamente en el filo de la silla, los hombros en el límite del respaldo y un brazo echado hacia atrás. Pero sus profesores no le recriminaron esta vez la pose. Sabían, además, que él iba a seguir yendo de duro, que no se iba a poner a lloriquear, que bajo ningún concepto iba a ir de víctima y que como ellos siempre habían mantenido, era tan listo que ya sospechaba de qué iba a ir la reunión.

—Bueno, Saimon, ¿cómo te van las cosas?

—¿Qué cosas?

—En general... las clases, los amigos, la familia, el programa ese de capacitación laboral...

—Las clases, ya lo sabéis, esta evaluación solo voy a suspender seis o siete asignaturas...

—¿Solo? ¿Y qué es lo que crees que vas a aprobar?

—Aparte de la Gimnasia, las Mates y las Sociales...

—Hombre, pues eso está muy bien, ¿no? Nos alegramos de que estés seguro de algo.

—Mariano se enrolla y el sustituto de Sociales pasa de todo.

—No creo que pase de todo, ni que tú vayas a aprobar por eso.

—Pues vale, qué más da, voy a aprobar las dos, fijo...

—¿Y lo otro?

—Lo otro, ¿qué? El peñazo de la Lengua, el curro...

—Eso, el resto de cosas, y la familia...

Entonces Saimon les sorprendió queriendo ir directo al tema que los había reunido allí, porque él, como ellos, sabía de qué se trataba.

—Pues el curro bien, pero me jode pringar para el ayuntamiento a cambio de una mierda de pasta, y la familia, de puta pena.

—Los amigos, te has dejado a los amigos.

—Los colegas bien, como siempre, ahora ya paso de algunos que hay por ahí fuera, ya sabéis, los que me metieron en marrones.

—Bueno, eso está bien, ¿no?

—De puta madre...

—Y la familia ¿por qué dices que va mal?

—Porque sí, porque mi viejo es un *desgraciao* y pasa de mí casi como yo de él.

—Pues es una pena, ¿no?

—Es lo que hay.

—¿Y tu madre?

—Mi madre, otra *pringá* pero de otra manera, por aguantar a mi padre. Si al menos tuviera hermanos, sería diferente...

—Ya, ¿y por qué dices eso de tu padre?

—Joder, no me apetece hablar de ese tío, bastante tengo...

—Bueno, pues cuéntanos lo que quieras del tema... Seguro que tienes mucho que decir, nosotros estamos aquí para ayudarte.

—Estoy hasta aquí de oír la misma frasecita desde que entré en el insti, «nosotros estamos aquí para ayudarte». Sí, y luego ¿qué? ¿Vais a cambiarme el padre? ¡Venga ya!

—Claro que no podemos cambiarte el padre, pero sí podemos prepararte para que cuando seas mayor de edad, puedas decidir por ti mismo y seguir el camino que quieras, ahí es nada. Lo que pasa es que tú eres el protagonista y si tú no quieres, no tenemos nada que hacer más que aguantarte lo que queda de curso. Nos queda poco tiempo.

—Pues me aprobáis todo, así mi padre me deja en paz, yo salgo de aquí y me pongo a currar. Fácil.

—Eso es una estafa. Tienes que aprobar por tus méritos y saber qué quieres hacer después...

—¿Una estafa? Pues la han hecho mogollón de veces. Conozco por ahí a más de un perla como yo que aprobó por la jeta...

—Pues olvídate de esos, a lo mejor no han tenido la suerte de que otros se preocuparan por ellos.

—Y yo ¿qué tengo de especial? En primero cateé tres, en segundo y en tercero, cuatro y ahora voy por el mismo camino.

—Tú puedes hacerlo mejor. Estamos convencidos. A lo mejor hay que ver qué es lo que te lo impide.

—¿El qué? ¿Mi padre?

—A lo mejor... ¿Te has planteado que quizás tu actitud es una reacción de rebeldía frente a él?

—No.

—Y que ya que eres tan rebelde, aún sería mejor sorprenderlo con tus aprobados y tu buena actitud...

—A él le da igual...

—Perdona, Saimon, pero dudamos mucho que a un padre le dé igual un suspenso que un aprobado, otra cosa es que se ocupe más o se ocupe menos de tu rendimiento. ¿No crees?

—Puede, de todos modos, *pa* currar de albañil no hace falta ir a la uni...

—No, pero aunque quieras ser albañil, podrías salir de aquí con la cabeza un poco alta y para cualquier trabajo no es lo mismo un graduado en ESO que un certificado de estudios. ¿Es verdad que quieres ser albañil?

—Lo flipas, hombre, era un ejemplo...

—¿Y qué es lo que te gustaría? El año que viene deberías tener una idea aproximada.

—Me gusta la mecánica de las motos. Tener un taller o tienda de motos sería la hostia...

—Pues bien, ¿ves? Para eso también necesitas un mínimo de preparación. Hay ciclos formativos para eso pero necesitas el graduado.

—Bien, ¿tanta historia para esto? Eso ya lo sabía. Ya estudiaré más, profe, ¿vale?

—No, aún no vale. Queremos saber si necesitas contarnos algo que no sepamos. Tu padre, ¿por qué lo odias tanto?

—Pues vale, iremos al grano ya que vosotros no os atrevéis después de lo que os habrá contado la *sicoloca*.

—La psicóloga, o Mercedes, empieza con buen pie, Saimon, que ella también está ayudándote.

—Lo que me da palo es que mi padre se entere que voy de blando y que les lloro como una niña, entonces sí que voy listo.

—Mira, Saimon, una vez más te equivocas, lo valiente no es callar, sino decir la verdad... y tienes la palabra de todos nosotros de que mientras la cosa no empeore no le diremos nada a tu padre. Hablaremos con tus padres, sabes que todos los años tenemos una entrevista con todos ellos. E intentaremos ponértelos de cara, pero es imprescindible que seas nuestro cómplice. Solo si alguna vez tu padre volviera a pegarte, o a tu madre, pondríamos el caso en conocimiento de las autoridades... No debes tener miedo.

Por primera vez alguien decía la verdad de la reunión, y habían sido los profesores, no Saimon, que hasta entonces había estado aguantando la tensión y que ya, convencido de que estaba en buenas manos, se dejó llevar.

—Pues ya está, ya lo han dicho todo... Mi padre es un bestia y me ha zurrado alguna vez, cuando le parece, o cuando llega a casa una notita o un aviso de expulsión... vosotros sois cómplices del delito...

—¡Por favor, Saimon! ¡¿No has entendido nada?! Nosotros hacemos nuestro trabajo, tú deberías y puedes hacer el tuyo, y es tu padre el que no está haciendo su trabajo, que es educarte y apoyarte en todo. Nosotros, ahora que sabemos dónde está el problema, no mandaremos notas a tus padres, pero sí hablaremos con ellos y estamos decididos a decirles que tienen un hijo muy capaz de ser alguien en la vida... ¿Te vale?

Saimon no contestó. Se quedó mirando hacia la puerta, como si por un momento quisiera huir, pero en vez de eso, agarrándose a su instinto de supervivencia, bajó la mirada y cambiando el tono de voz se limitó a contestar.

—Me vale...

Esmeralda y César sonrieron satisfechos por la respuesta y le ofrecieron la mano como si sellaran un trato. Saimon les siguió el juego con cara de póquer, pero convencido de que era el mejor trato que podía aceptar y antes de acabar, fuera de todo protocolo, a César le salió del alma lo que para Saimon aún no sería más que un sermón de mediador de conflictos. Un sermón que, sin embargo, jamás olvidaría.

—Saimon, me has demostrado que eres un héroe. Has sido capaz de aguantar hasta aquí, igual o mejor que algunos que no tienen el mismo problema que tú, sin escudarte en ello. Estoy seguro de que con ese carácter luchador que tienes ganarás esta batalla y nos darás a todos una lección, también a tu padre, pero sobre todo a ti mismo.

***

Al finalizar el segundo trimestre Saimon cumplió su promesa y aprobó Matemáticas y Ciencias Sociales, ambas con un cinco, pero además aprobó con mejor nota la Educación física, la Música y el Inglés. Ya no era solo su mp3 de segunda mano con la música de Depeche Mode o Tokio Hotel enchufada en los oídos, fuera de clase, lo que tuvo que ver con el aprobado en Inglés. Es que le encantaba ver y oír a Lolita cantando en la tele, cada martes, las canciones de moda en esa lengua.

Capítulo 10

OBJETIVO ÉXITO

Se acercaba el momento de la verdad. *Objetivo Éxito* había llegado al ecuador del programa y esa noche de un martes de mediados de mayo Lolita se jugaba su continuidad con otro concursante. El otro era un chico tremendamente guapo y muy listo porque, consciente como lo era de sus limitaciones vocales, había ido sobreviviendo hasta entonces a base de seducir a las profesoras del concurso y a la audiencia, en su mayor número, niñas adolescentes, como Lolita. Lolita, que también era muy linda, para orgullo de sus profesores de instituto, había explotado su naturalidad, y gracias a eso, afortunadamente, también tenía su público. El veredicto final era una ponderación entre las valoraciones de un jurado profesional, profesional porque cobraba por opinar, no exactamente porque supieran mucho de música, y el aluvión de llamadas de teléfono de todos los lugares de España salvando a cada uno de sus ídolos. Este sistema popular de votación telefónica, además de un montón de dinero, le daba al programa un aire de coliseo romano. Lolita interpretó de manera impecable la balada *Your song*, de Elton John, y lo hizo con su voz de cantante de jazz. Lejos de querer reproducir el típico dulzor de ese tipo de baladas, le puso un toque de alma sobria y adulta. Eso fue más o menos lo que Isaac les dijo de Lolita al día siguiente en su clase de música. El otro concursante interpretó una canción de moda hasta hacía poco, *Son sueños*, del grupo español El canto del loco. Una canción fácil, pegadiza y con una letra ideal para enardecer la efervescencia adolescente del público quinceañero femenino de la sala. Y el chico también lo hizo bien, hay que reconocerlo, pero como solía decir el miembro estrella del jurado, Boris Em, el chico era un producto reconocible y vendible. En definitiva, después de una larga y angustiosa espera, durante la cual iba creciendo el beneficio del programa, el jurado se decantó por el concursante masculino, predisponiendo a la audiencia a votarlo mientras descartaba con sus valoraciones a Lolita. Boris Em, que siempre tenía que poner la nota ácida, polémica, de portada de revista, para eso era uno de los elementos circenses del programa y había que tragar lo que fuera con tal de conseguir la fama, huyó de los tópicos consuelos de manual y les lanzó sus dardos a los ajusticiados. Al chico le dijo que estaba bien que intentara calentar a las *bollicao* a las que pretendía venderles sus discos en el futuro, pero que tampoco hacía falta que basara toda su actuación en sus movimientos de cadera de macarra de barrio y que se centrara más en su voz de monaguillo imberbe. A Lolita le dijo que cuando empezó el programa, apenas hacía dos meses, él la había imaginado como a un personaje de Nabokov, que ella, seguramente por su incultura y su edad, desconocería. Pero que ya había desistido, que con su «ir de buena» de la película no podía llegar más lejos en el concurso.

En ese momento del programa Saimon, que no sabía quién era Nabokov ni entendía lo que quería decir aquel miembro del jurado, dio un respingo en la silla de su cuarto y pensó que le hubiera partido la cara al imbécil ese de la tele; aunque, por otro lado, la eliminación aceleraba su reencuentro con Lolita, y eso lo ilusionaba.

El caso es que hasta ahí había llegado la experiencia televisiva de Lolita. Esa noche, muchos de sus compañeros de instituto lloraron de pena y emoción, y otros, en este caso, mayoritariamente chicas envidiosas e inseguras, se alegraron de que la estrella de las narices bajara de la nube. De todo ello daba fe el Messenger, que no se cerraría hasta altas horas de la madrugada. Porque al terminar cada programa de actuaciones había una parte del mismo al que llamaban *chat* y en el que los supervivientes de cada gala respondían las preguntas y peticiones de la audiencia. Una audiencia adolescente a la que, dicho sea de paso, sus padres no debían controlar demasiado los horarios, ya que esa última fase terminaba cerca de las dos de la madrugada, cuando lo más probable es que tuvieran que levantarse a las siete de la mañana del día siguiente. Afortunadamente para Saimon, esa era una de las muchas cosas de las que ni se preocupaba ni se ocupaba su padre, así que pudo ver el *chat* hasta el final. Y cada vez que hablaban de Lolita prestaba mayor atención, y siempre que la audiencia intentaba hurgar en su intimidad, como en la de todos los concursantes, solo que unos lo permitían o directamente lo alentaban mientras que ella no, ella mantenía una absoluta discreción sobre sus cosas, y él convertía su atención en disección microscópica. Porque cada vez que le habían intentado sonsacar si tenía novio o no, o un amigo especial, ella había dicho que no, que solo tenía buenos amigos. Y tanto le llegaron a insistir los compañeros que participaban de la comedia, y sobre todo la audiencia, que concedió que sí, que de acuerdo, que reconocía que había alguien.

En apenas un par de días o tres volvería a verla. A Saimon la indefinición de ese pronombre, «alguien», lo atormentaba. A él, tan valiente como se creía, ese pronombre indefinido lo derrotaba de antemano y lo excluía del limbo de un sueño.

***

Al cabo de unos días de la vuelta de Lolita al instituto, el recuerdo de *Objetivo Éxito* había quedado en un rastro de cenizas llevadas por el viento. Ella volvía a ser de carne y hueso. Solo los más enganchados a la televisión siguieron el curso del programa, pero se había ido diluyendo el efecto aglutinador de la Lolita estrella, que ahora se centraba en ponerse al día y terminar el curso, cosa que por otra parte no le iba a costar siendo como era una de las mejores alumnas. Así pues, el ambiente del instituto era el propio del tercer trimestre, con la excitación de algunos por querer recuperar el tiempo perdido. Más allá de pequeñas discusiones anodinas y reuniones rutinarias de padres, las horas de mediación de César se habían reducido. La asistencia a clase era mayor, incluso la de Saimon, que para sorpresa de muchos ya no faltó hasta el último día, y solo su problema familiar y la baja de Ángel seguían siendo los dos retos importantes para el equipo directivo y para una parte del claustro.

Como asuntos cotidianos, pero no por ello menores, o a los que se les daba la importancia del día a día, estaban las trifulcas entre Susana y Vanessa, que volvían a monopolizar disputas absurdas para liderar la atracción de los chicos, ahora poniéndose escotes excesivos, ahora un nuevo *piercing* en la nariz, o acudiendo a clase pintadas como «monas», según les diría una mañana Antonio, en su clase de Educación física.

—Aquí se viene a sudar, señoritas, y así, pintadas como monas, se les va a quedar la cara como un mapa de colores. Vayan al servicio y se lavan la cara.

O la noticia desagradable de la ausencia definitiva de Nguema, cuya familia se trasladó de un día para otro a vivir en un barrio periférico de París. Al quinto día de no ir al instituto, los profesores lo explicaron en clase. Al padre de Nguema, después de estar solo un año en España, le ofrecían en Francia una vivienda y un trabajo mejor en la construcción. No podían hacer nada por evitar la marcha del chico. A Nguema, una vez en su nuevo destino, lo colocarían con calzador en cualquier instituto suburbial lleno de inmigrantes de color y volvería a poner en práctica sus dotes de supervivencia. De todos modos, como algún profesor comentó, con mejor intención que acierto, en los suburbios de París no le iba a costar tanto la adaptación, al estar llenos de negros llegados del África subsahariana, y hablar el francés con soltura. Como si la adaptación fuera un hecho única y exclusivamente lingüístico y de raza. Entre sus compañeros, hubo reacciones y comentarios de todo tipo. Muestras de cariño entre algún grupito de chicas que lo habían adoptado como protegido exótico y recadero de intrigas de adolescentes. Comentarios xenófobos como que allí, con tantos negros, iba a estar mejor, que olía mal porque apenas se duchaba, o que mejor así, uno menos que le «quitaba el trabajo a los de aquí». Y los indiferentes, como Saimon, o Camilo, o Sebas, que apenas dijeron nada. Como si de repente se sintieran o bien desvalidos al quedarse sin chivo expiatorio, o bien arrepentidos de no haber hecho lo posible para ser un buen recuerdo para Nguema.

Estos temas, la vuelta más silenciosa de lo esperado de Lolita, los exámenes finales, las dudas sobre qué iban a hacer el año próximo los alumnos de cuarto y algunas entrevistas con padres, monopolizaban las conversaciones de los corrillos en los recreos, en las salidas y entradas del instituto entre los alumnos. Y una situación inesperada y sorprendente, que ni las chicas ni los chicos más bravucones se atrevían a fiscalizar, como eran las charlas a solas, cada vez más frecuentes, de Saimon y Lolita.

***

Antes de que terminara el curso y como habían acordado César, Maribel, como tutora de la clase, Esmeralda, Mercedes y el equipo directivo, en su última charla con Saimon, iban a pedir a sus padres una entrevista. El objetivo era muy ambicioso a la vez que complejo. Se trataba de hacerles saber con mucha sutileza hasta el extremo de no verbalizarlo, y sin poner en un compromiso a Saimon, que sabían los problemas de violencia en su relación familiar y que estos dificultaban su rendimiento académico. Por otro lado, convencerles de que el alumno podía mejorar porque tenía capacidad para ello y porque cuanto mejor terminase la etapa de secundaria obligatoria, más garantías tendría de conseguir un trabajo o, incluso, por qué no, de seguir estudiando.

Para asegurarse la asistencia, sobre todo del padre, a quien los profesores aún no conocían, enviaron primero la cita por correo y firmada por Alonso, y cuando se suponía que ya la debían de haber recibido, un par de días antes, Maribel le dio otra nota con la convocatoria a Saimon para que la llevara en mano a su casa. Así, el treinta de abril, tendría lugar una entrevista que todos, y en especial César, tardarían en olvidar.

Los padres de Saimon fueron puntuales. Paco, el conserje, los acompañó a la sala de juntas donde los estaban esperando, después de preparar la entrevista concienzudamente, Alonso como director, César como mediador, Maribel como tutora y Esmeralda como psicopedagoga. No solían asistir tantas personas a una supuesta reunión rutinaria, pero como les había recomendado Mercedes, la psicóloga de la seguridad social, se trataba no de intimidar al padre, pero sí al menos de «envolverlo» y con ello quería decir que el padre de Saimon, al salir de aquella entrevista, debía tener la sensación de que estaba controlado, por una parte, y de que su hijo gozaba del apoyo y la confianza de los profesores, por otra.

Como Alonso sabía que el padre de Saimon no estaba acostumbrado a esa situación, hizo una introducción con una mezcla de protocolo y desenfado perfecta, que quería conseguir hacerle ver que aquella reunión era muy importante.

—Señores Ibáñez, les agradecemos que hayan venido los dos. No siempre vienen padre y madre juntos y la verdad es que merece la pena porque el caso de Saimon nos interesa de una manera muy especial. Saimon es uno de los chicos que más ha mejorado en los últimos dos meses y creemos que justo antes de acabar el curso es interesante hacer una valoración conjunta. Esperamos mucho de él, porque ha pasado de un comportamiento ciertamente conflictivo, a un comportamiento digamos que normal cuando muchos ya no lo esperaban. Este es su último curso obligatorio y nos gustaría que, al menos, terminase la secundaria con su graduado correspondiente.

La primera intervención del padre fue para corregir al director.

—Saimon, no, Simón. Se llama Simón mi hijo.

—Sí, claro, Simón, ya saben ustedes que muchos chicos se ponen motes o sobrenombres, siempre ha sido así, pero no hay problema, sabemos cuál es su nombre.

—Pues, bueno, ustedes dirán, porque eso de la mejoría lo habrán notado aquí, lo que es yo... lo veo igual de pasota y holgazán.

—Pero usted vio las notas del segundo trimestre, ¿no? —intervino Maribel.

—Sí, cuatro cates, más o menos como siempre...

—Cierto, señor Ibáñez, pero aprobó dos que no aprobaba nunca, como las Matemáticas y las Ciencias Sociales, dos de las llamadas difíciles y en el resto mejoró ligeramente, lleva una línea ascendente.

—De todos modos —interrumpió Esmeralda—, no es solo una cuestión de notas, lo más importante es que ha aumentado su asistencia a clase y mejorado su comportamiento social en el instituto.

—Sí, claro, y que no ha vuelto a vender porros, ¿no?, solo faltaría. Miren, si viene más a clase es porque lo tengo amenazado, ya le dije que si lo veía yo o alguien por la calle, lo ponía a trabajar, ya pueden decir ustedes y esos del ayuntamiento lo que quieran.

—¿Amenazado? —intervino César haciéndose el sorprendido—, es curioso que usted diga eso porque él antes se pasaba la vida amenazando a sus compañeros y ahora parece que ha dejado de hacerlo. Creo que hemos conseguido convencerlo de que las cosas hay que argumentarlas, no imponerlas. Ese es uno de nuestros principales objetivos. Cuando usted dice amenazado, entiendo que se refiere a ponerle unas normas, lo de siempre, si lo haces bien, premio, si lo haces mal, castigo, claro.

Justo al terminar su intervención César tuvo la sensación de haberse equivocado, o quizás no, quizás hacía falta empezar a poner el dedo en la llaga sutilmente, con indirectas.

—Cuando digo amenazado, digo lo que digo —contestó el padre mirando fijamente a los ojos a César—. ¿O es que van a hacer los chavales lo que les dé la gana...?

—No, claro...

—¿Entonces?

—Pues que usted lógicamente le explicará a Saimon, a Simón, perdone, lo que espera de él, lo que cree que está bien y lo que no...

La madre, que aún no había dicho más que buenos días, no pudo reprimir una intervención que emergía de un silencio enquistado en la relación machista de desigualdad de la que era víctima y que se hacía evidente solo con ver la actitud de uno y de otro.

—Si nunca hablamos...

El marido la miró con cara de desaprobación. Y apostilló:

—Ya hablas tú con él, ¿no? Yo soy de pocas palabras, a veces no hace falta tanta historia, solo quiero hechos, y si suspende, va con chusma y encima se emporra, a currar y a dejarse de historias. Yo no lo voy a mantener a partir de los dieciséis, que los cumple pronto, para eso está la ley. ¿No se acaba la secundaria con dieciséis? Pues eso...

Maribel volvió a intervenir viendo de repente una puerta por la que entrar, e hizo una valoración exhaustiva y precisa de la situación. César seguía mordiéndose la lengua, aunque después de escuchar a su compañera se centró un poco más en el papel que le correspondía. No podía faltar a su espíritu de mediador y dejarse llevar por sus impulsos, tenía que olvidar la amenaza de Saimon a Ángel, esa amenaza que su alumno había aprendido de su padre.

—Tiene usted razón, no nos deberíamos desviar del tema ni queremos que usted tenga la sensación de que nadie le dice lo que debe hacer, porque no es nuestra intención, por favor... Solo hechos, estoy de acuerdo, y los hechos, son los siguientes: Simón ha dejado de venir al instituto con porros y nos ha dicho que ya no sigue con esos amigos mayores de edad que tenía fuera del instituto. ¿Han notado ustedes este hecho, están de acuerdo o creen que simplemente ha conseguido engañarnos a todos?

Los padres, por primera vez, se miraron como buscando un consenso inédito.

—Es que ya les digo, él ya sabe lo que hay si lo pillo..., así que será verdad que me ha hecho caso...

—Por supuesto, aquí también hablamos largo y tendido con él de ese tema, y la psicóloga, y los de servicios sociales del ayuntamiento cuando va a trabajar con ellos dos veces por semana. Entre todos lo hemos convencido de que eso no es bueno para él. Solo queríamos saber si ustedes han observado el cambio o siguen teniendo sospechas de que no lo haya dejado, si lo ven con esos jóvenes mayores de edad con los que se veía antes.

—Pues no, la verdad es que no... —dijo el padre con cara de no saber qué decir y buscando en la mirada de su mujer una respuesta complementaria.

—Eso es, ya no parece que vaya con eso... además, yo lo registro desde entonces, ya sé que no está bien, pero le miro en todos los bolsillos, y en los cajones cuando hago la casa y no he vuelto a encontrarme con eso...

—¿Cómo que no está bien? —la interpeló César—. Ha hecho usted muy bien. Es lo más normal del mundo cuando se ha detectado un problema así.

La madre, envalentonada, aún añadió algo más:

—Y con esos con los que iba, que tampoco es que fueran amigos, no lo he vuelto a ver. Se pasa el tiempo o con los jardineros del ayuntamiento, o aquí en el instituto, y en el taller de motos del barrio, que el dueño es vecino nuestro. Y ahora parece que habla mucho con la chica de la tele, Lolita.

—Aquí también nos hemos dado cuenta, se han hecho buenos amigos.

—Y siguiendo con los hechos —continuó Maribel—, ahora apenas falta a clase. Puede ser porque está encaprichado de Lolita, pero también porque se ha aplicado algo más, ¿no creen?

—Por las dos cosas, digo yo, y por lo que les decía antes —intervino de nuevo el padre, que no quería ser desplazado en la conversación—, que sabe que no lo quiero por la calle como un perro.

—Pues bien, ya tenemos otra mejora —apostilló Esmeralda—. El caso es que los primeros meses del curso no había semana que no faltara a dos o tres clases. Ustedes lo saben porque les enviamos las notas por sms —recordó como una indirecta, pues nunca recibían en el instituto acuse de recibo— y, además, en varias ocasiones vino con señales de haberse peleado con alguien —y esta era una indirecta mayor dirigida a la yugular del padre—. A nosotros nunca nos explicó el origen de esas señales, pero estamos seguros de que se debía de pelear con alguien, esas malas influencias que al parecer ahora ha dejado de frecuentar.

La madre bajó la mirada al suelo, en un gesto inequívoco de vergüenza, y el padre se quedó mirando a Esmeralda con cara de póquer y solo atinó a decir:

—Si alguna vez se peleó con alguien, seguro que fue Simón el que salió ganando. Eso sí que lo tiene, es duro de roer, no se achanta...

—Claro, la ley del más fuerte...

César no conseguía dominar sus impulsos e interrumpía una vez más la dinámica conciliadora que tan bien estaba llevando Esmeralda, que tuvo que controlar las emociones de su compañero.

—Eso es normal, César, lo hacen todos los chicos, están en plena etapa de autoafirmación y necesitan creerse más fuertes frente a la autoridad...

—Sí, claro.

El padre de Saimon, que no terminaba de sentirse cómodo en ningún momento, que palpaba y provocaba una tensión revestida de buenas intenciones, quiso acelerar el final de la reunión.

—Bueno, señores, ¿para esto nos han llamado? Ya nos han dicho que Simón ha mejorado, muy bien, de acuerdo, ¿tienen algo más que contarnos?

—Básicamente este era el motivo de la reunión —intervino Alonso—, compartir con ustedes las buenas noticias. Ver si ustedes estaban de acuerdo y habían observado la mejoría, pedirles que ayuden al chico para que termine el curso lo mejor posible y nos ayuden a nosotros a orientarlo de cara al próximo año. Tiene tres opciones: matricularse en un ciclo formativo que le guste, ponerse a trabajar si le surge alguna oportunidad interesante, o incluso repetir el curso si no supera todas las asignaturas, cosa poco probable...

—¿Estudiar más? ¿Para qué? ¿Para seguir perdiendo el tiempo? Venga ya...

—Pero, hombre, deja que los profesores te den un consejo, ellos saben lo que dicen...

—Tú estás mejor calladita, que si fuera por ti el niño se pasaba la vida a la sopa boba...

Y entonces César perdió definitivamente el control ante el alarde de machismo y patanería del padre.

—Mire, la verdadera razón por la que estamos aquí es porque sabemos que usted maltrata a Saimon, a pesar de que él no nos ha dicho nada, porque creemos en él, porque hay un profesor que está de baja a raíz de una amenaza de Saimon, porque usted eso sí que se lo ha enseñado muy bien, a amenazar, a utilizar la fuerza por encima de la razón; estamos aquí para que sepa que Saimon no está solo y haremos lo que la ley nos permita para ayudarlo. Creemos que Saimon es mejor de lo que demuestra y queremos darle una oportunidad...

—¡César! Es suficiente, no deberías poner sobre la mesa asuntos personales... —lo interrumpió Alonso cuando ya la reunión empezaba a romperse.

—¿Personales? ¿Lo que pasó con Ángel son asuntos personales? No me fastidies.

—Si usted se cree que yo soy el responsable de esas cosas, denúncieme y listo, ¿no? Bueno, nos vamos a ir, que ya está bien el papelito.

Entonces César consideró que él era el primero que tenía que salir de la sala para procurar que sus compañeros terminasen lo mejor posible la entrevista. Se levantó de la silla, pidió disculpas y se marchó. Salió a la calle a fumar un cigarrillo para calmar su nerviosismo. No se sentía nada bien, creía que había fallado a sus compañeros pero, por otra parte, algo le decía que había hecho lo que debía, como era transmitirle un mensaje al padre de Saimon, ese era el objetivo de la reunión. Sabían lo que ocurría en casa de Saimon, y el chico, desde ese momento, no estaba solo.

El padre, crecido ahora ante la ausencia de César, intentó dar por terminada la reunión.

—Pues mira quién habla de amenazas... Poco más y me dice que me va a denunciar, «el mediador» —y lo dijo con ironía—. Si este es el que media en los conflictos, vamos bien. ¿Estamos ya?

—César es un profesor y un mediador excelente, señor Ibáñez, no le voy a tolerar que nos desacredite a ninguno de nosotros. Lo que ocurre es que precisamente por eso y por ser amigo del profesor que está de baja, ha vivido muy intensamente el seguimiento de su hijo, y ha hecho mucho por él.

—Lo que dice Esmeralda es cierto —añadió Maribel—. Él ha hecho de tutor suyo más que yo misma, pero, bueno, no nos quedemos en este punto, podríamos seguir...

—¿Seguir con qué? Ya está todo dicho, que Simón ha mejorado, que es buen chaval, que lo quieren mucho y bla bla, y que yo no me pase de duro con él. Pues ya está, todo clarito. Nos vamos.

—De acuerdo, señor Ibáñez —apostilló Alonso—, vamos a dejarlo aquí, pero le voy a pedir algo muy sencillo y es que piense que lo único que queremos es ayudar a su hijo. No desprecie usted esta ayuda, solo intentamos hacer nuestro trabajo lo mejor que sabemos. Si nos necesita, aquí nos tiene.

—Vale, pues muchas gracias, señores, lo mismo les digo.

Alonso acompañó a los padres a la puerta del instituto y volvió a la sala de reuniones. Se sentó con Esmeralda y Maribel y estuvieron unos segundos en silencio hasta que Esmeralda rompió el fuego.

—No ha ido tan mal.... En el fondo no ha ido tan mal... César, seguramente sin premeditación, ha conseguido poner las cosas en su sitio. Estoy segura de que las cosas van a cambiar en esa casa. No os desaniméis.

A César le quedaba una clase más antes de terminar esa mañana. Se la pasó entera siguiendo la unidad correspondiente del libro, sin hacer una sola concesión a su creatividad habitual, a su capacidad de llevar a los chicos de los contenidos a la realidad y al interés por preguntarse las cosas. Hizo una clase magistral, justo lo que algunos teóricos de la pedagogía creían que debía limitarse a hacer, y al terminar no se sintió bien.

Fue a buscar a Saimon antes de la salida, hubiera querido decirle que la reunión había salido bien, que no tuviera miedo a nada, que pensara solo en la posibilidad de ser mejor, y en su futuro, con toda una vida por delante para ser lo que quisiera. Unos compañeros de clase le dijeron que Saimon ya había salido, acompañado de Lolita.

César, en aquella reunión con los padres de Saimon había tenido la oportunidad de mirar, cara a cara, a la causa de la inseguridad del chico y de su necesidad de ser el más fuerte entre los fuertes.

Capítulo 11

FINAL DE CURSO

Pasaron unos días después de la reunión y la familia de Saimon vivía una calma inaudita. El padre apenas acostumbraba a llamarlo para hablar con él de nada. Incluso cuando era un niño, nunca se había ocupado de sus juegos, era la madre la que pasaba los ratos junto a él, mientras planchaba o hacía la cena y Saimon jugaba con sus muñecos o con sus colecciones de cromos de fútbol. Por eso, cuando aquella noche lo llamó desde el comedor lo primero que sintió fue un pellizco en la boca del estómago presagiando lo peor, cualquier bronca u orden que habría de llevar a cabo, seguramente contra su voluntad.

—Dime.

—Hoy he estado hablando con un maestro tuyo, un tal Ángel...

¡¿Que Ángel había hablado con su padre...!? El pellizco en la boca del estómago se convirtió en un vuelco al corazón porque Saimon presintió lo peor: que Ángel le explicara a su padre lo de aquella noche. Evidentemente eso podía equivaler a una bronca monumental.

—Ese profe está de baja...

—Ya lo sé, hemos hablado en la calle.

—¿Y qué te ha dicho?

—Lo mismo que me dijeron en la entrevista que tuvimos con los demás maestros y la psicóloga esa sabelotodo, más o menos.

Entonces Saimon sintió alivio al tiempo que comprendía que Ángel era buena gente y que a su manera también estaba ayudándolo.

—Entonces, ¿para qué me llamas?

—Porque me da la gana... Es que ese maestro parece que te aprecia...

A Saimon se le hizo un nudo en la garganta, cada vez entendía menos el motivo de la conversación.

—¿Que me aprecia? Pues no lo sabía.

—¿Cómo ibas a saberlo? Si no te enteras de nada, solo te preocupas de lo que te interesa a ti, de todo, menos de lo que deberías interesarte.

—He mejorado en el insti.

—Eso quiero verlo yo... ya te lo diré cuando vea las notas finales. Es el último año y sin el graduado no te van a querer ni para barrer calles...

—Vale. ¿Y qué te ha dicho ese profe?

—Ya te lo he dicho, lo mismo que en la entrevista de hace poco, que puedes hacerlo mejor.

Se produjo un silencio de unos segundos. Un punto de inflexión entre dos posturas contrapuestas frente a ese diagnóstico que era como un reto: puedes hacerlo mejor... La del padre de Saimon, una lucha entre su vanidad dormida de padre, «mi hijo puede hacerlo mejor...», y la del propio Saimon, «me gustaría creer que puedo hacerlo mejor..., pero no sé cómo, lucho contra la autoridad de los profesores, quiero ser mayor ya y ganar mi propio dinero...»

—Pues eso, lo intentaré.

—Vamos a verlo —sentenció el padre con el tono incrédulo y desagradable de los momentos en los que aún se podía hablar con él.

Saimon ya se daba la vuelta para irse a su habitación cuando oyó una nueva pregunta de su padre que lo dejó helado.

—Y la chica esa... ¿Qué pasa con esa chica?

—¿Qué chica?

—La de la tele, no te hagas el tonto, joder.

—Pues nada, no pasa nada, es una compañera de clase, nada más...

—¿Nada más? ¿Cómo se llama?

—Lolita.

—Lolita... —remedó el padre de Saimon con tono burlón—. Pues como no espabiles, chaval, te va a durar muy poco... Esas niñas listas que salen en la tele no pierden el tiempo con zoquetes, que lo sepas...

—Solo es una amiga, pero gracias por el consejo.

—Hala, tira...

Saimon hubiera corrido a contarle la conversación a Lolita por Messenger, pero él no tenía línea ADSL y la conexión iba a paso de tortuga o se «colgaba» y tenía que quedarse a medias. Así que esperaría a verla al día siguiente. Lo sorprendente era que Ángel hubiera abordado a su padre por la calle, que lo apreciara le costaba creerlo, seguramente era una estrategia de profesores, que su padre le preguntara por Lolita, pero sobre todo, lo más increíble de aquella conversación habían sido las dos sentencias de su padre hacia el final de las dos partes de la breve conversación: «el vamos a verlo», refiriéndose a la promesa de una mejoría en el rendimiento, o el «como no espabiles, chaval», animándolo a conservar su amistad con Lolita, y rematado con el «hala, tira». Era lo más amable y conciliador que había oído en su padre desde no recordaba cuánto tiempo.

Un rato más tarde, la madre, que lo había estado escuchando todo desde la cocina, entró en su habitación, se acercó a él, le sonrió y lo besó en la frente. Después, sin decir nada, se dio la vuelta y se fue.

Saimon, con unas sensaciones nuevas en él, y una serenidad desconocida, abrió el libro de historia y se puso a estudiar para uno de los últimos exámenes finales del curso.

***

Era evidente que para Saimon Lolita había supuesto una influencia positiva. Era evidente incluso para él que una vez más lograba entender las cosas de la mejor manera después de oír cómo las analizaba ella. No solo en las dudas con las asignaturas que más le costaban, sino sobre todo con sus problemas de relación con los demás. «Estaba muy claro», le dijo al día siguiente al salir del instituto y durante el paseo que solían dar hasta la casa de Lolita, antes de los arrumacos de despedida. Los profesores le habían puesto de cara a su padre para que él aprovechara la situación. Y era verdad que algunos lo apreciaban, como César, Luis, Maribel o Esmeralda, aunque a lo mejor para otros podía haber sido un incordio y no les importara perderlo de vista cuanto antes. Entre el profesorado, como en todas las profesiones, había mejores y peores, pero lo que estaba claro es que para ellos un alumno fracasado era un fracaso suyo, y quizás también del sistema. Así que hacían lo posible por ayudarles y a él lo estaban ayudando, sin duda. Como le habría dicho su padre, era un zoquete si no quería ver esa evidencia. Su padre estaba ahora fuera de juego, contrariado por la nueva situación que se escapaba a sus planes, aunque en su fuero interno seguro que sentía algún resto de orgullo paterno al ver que alguien confiaba en su hijo. Y cuando Saimon le preguntó por Ángel, Lolita también tenía respuesta: le había dado una lección, el mensaje de Ángel era muy claro: «yo ya he hecho mi trabajo, ahora te toca a ti hacer el tuyo».

«Pero me porté muy mal con él... lo amenacé de muerte, aquella noche...», decía Saimon mientras escuchaba a Lolita. «Ahí está la lección», sentenciaba Lolita: su profesor había demostrado que aun estando de baja tenía muy claro cuál era su papel: ayudar a sus alumnos a ser mejores. Ahora le tocaba a él hacer su papel.

Para terminar la amorosa y terapéutica conversación de portal, Saimon le preguntó:

—Y tú, ¿qué pintas tú en la boca del bruto de mi padre...?

—Y yo qué sé... —le respondió ruborizándose.

La gente hablaba más de la cuenta, los veía juntos, no había que olvidar que durante mucho tiempo sería Lolita la de *Objetivo Éxito,* y a su padre le debía de parecer que vestía mucho que su hijo saliera con la chica de la tele, así de sencillo y de superfluo.

Saimon aprovechó la coyuntura para hablar de su relación con ella.

—Ya, pero tú y yo...

—Tú y yo ¿qué?

—Pues eso, lo que dijiste en *Objetivo Éxito* cuando te preguntaron si tenías a alguien...

—Lo dije para que me dejaran en paz... —contestó con una sonrisa pícara antes de darle un beso en los labios.

—Vale, pero ¿pensabas en mí cuando te referías a ese «alguien» tan cabrón?

—Claro que sí...

—Te debo tanto, Lolita....

—No me debes nada, ni quiero ser la responsable de nadie, solo quiero estar con quien quiero, nada más.

—¿Conmigo?

—Contigo.

—Todavía me cuesta entender por qué conmigo.

—Muy fácil: porque eres auténtico. Y ahora cuando llegues a casa, haz lo que nos manda Luis, busca la palabra en el diccionario y empápatela.

Lolita había sido capaz de ver en Saimon lo que él se empeñaba, sin saberlo, en ocultar: que era mejor de lo que aparentaba. Porque lo había visto con el corazón, que a veces es la mirada más nítida. Había visto en definitiva que al contrario de lo que casi todos pudieran pensar, Saimon era una buena persona, lo que ocurría era que su orgullo, y la dureza de la coraza que había desarrollado para defenderse, le impedía mostrarlo.

Después, ya Saimon no supo añadir nada más. Solo se dieron un beso más largo de lo habitual, un beso cada vez más intenso.

***

Eran los primeros días de junio, ya se habían terminado los exámenes finales y apenas quedaban dos semanas de clase para acabar el curso. Ángel y César llevaban tiempo sin tener una de sus conversaciones. Ni Ángel sabía el contenido exacto de la reunión que hubo con los padres de Saimon, ni César sabía que Ángel había hablado con el padre un día en la calle. Pero ambos tenían claro que tocaba hacer un balance y quedaron en el Truman como en los viejos tiempos.

Había que celebrar principalmente una cosa, que Ángel ya iba a tener el alta para empezar a trabajar el próximo curso. Y otra, que Saimon confirmaba la mejora en su actitud y rendimiento en el tramo final de curso. De todos modos suspendía tres asignaturas, las mismas, por otra parte, que algunos otros alumnos sin tantos problemas, y había mejorado mucho su comportamiento general. En la junta de evaluación, Maribel y el resto de profesores acordaron darle la oportunidad de recuperarlas en septiembre y, así, la opción de seguir adelante con sus estudios. Lo fácil hubiera sido acordar un aprobado redentor, darle el certificado de estudios y largarlo a la calle para que se buscase la vida. Ángel aplaudió la decisión y a César le sorprendió su reacción, o no, al fin y al cabo él le había ido informando de la evolución de Saimon. En cualquier caso, para César el apoyo de Ángel no hacía más que confirmar que su amigo estaba otra vez en la onda, «enchufado», como dirían sus alumnos, para volver a la profesión de la que durante los últimos meses había renegado.

César y Ángel tomaron varias cervezas, rieron, hablaron de las vacaciones, «otra vez Egipto no, por favor...

vámonos por una vez a la playa, sin más», decía Ángel. No volvieron a hablar de la amenaza, de aquella noche, de la baja, del cafre del padre de Saimon, de la puñetera administración que no les ayudaba, del equipo directivo bien intencionado pero poco expeditivo, de los compañeros pasotas que estafaban a sus alumnos y a la sociedad, de aquellos otros, como Ángel, que renegaron de la profesión en momentos bajos de moral, del desinterés de la mayoría de los alumnos, de cómo dar la clase perfecta, de cómo conseguir hipnotizar a los chicos, de cómo desengancharlos de la televisión basura y de tantas otras cosas con las que tantas veces habían llenado sus conversaciones. Y no lo hicieron porque seguramente habían llegado al acuerdo tácito de que muchas de esas situaciones solo tenían solución en el día a día y que ninguna de ellas tenía una sola y universal respuesta.

Y hablaron de ellos, simplemente, y de que tenían, con toda probabilidad, la profesión más bonita y más compleja de todas, la de maestros, como a ellos les gustaba decir, porque la etimología nunca traicionaba el espíritu de las palabras y de las cosas que representaban.

Y hablaron de la fiesta de final de curso y de si este año iban a ir una vez más. Ángel, con un mohín de resignación profesional, le dijo a César que claro que sí, que habría que ir, ¿no?...

***

A César siempre le había parecido que la última clase de cada curso, un poco como la primera, era fundamental. Por eso intentaba no pasar por ella de puntillas y le daba toda la importancia de la que era capaz, haciendo recapitulación de cómo había sido el año, no solo a nivel académico sino sobre todo humano. En este caso y para él, muy especialmente, al haberse erigido en el nuevo y primer mediador de conflictos del instituto. Además, hacía autocrítica, reconocía sus errores y les recordaba sus aciertos y también repasaba los momentos estelares del año, en lo bueno y en lo malo. Algunos años, incluso traía un texto, un poema o algo así que sirviera de guinda final al curso. Esta vez no lo hizo y como si de una premonición se tratara, alguien lo hizo por él. En esta última clase de cuarto curso, además, se sentía en la obligación de darles una serie de consejos para los que iban a empezar bachillerato el curso próximo, en un porcentaje cada año más bajo. De este grupo, solo catorce alumnos de los treinta y uno probaría suerte con los ciclos formativos con los que algunos iban a llegar incluso mucho más lejos académicamente que los primeros.

En el debate improvisado todos destacaron como tema del año la aparición de Lolita en el programa *Objetivo Éxito* de la tele, aunque ella le restó importancia, y dijo que le había servido para vivir de cerca la superficialidad de la gente. Estela, la otra chica mona del curso que nunca fue capaz de disimular sus celos, dijo que sí, que eso estaba muy bien pero que seguro que a Lolita le hubiera gustado ganar y les hubiera seguido el juego. Entre las risillas de algunos Lolita, apoyada por César, dijo que una cosa no quitaba la otra y que, de haber ganado, ella hubiera intentado no cambiar nunca su forma de ser. Sergio, el empollón de la clase, tuvo un recuerdo para Nguema. Dijo que no todo el mundo lo había ayudado en su integración como merecía, y la mayoría miraba de soslayo a Saimon, Sebas o Félix. Entonces Dani, para sorpresa de todos, comentó que Nguema le había enviado una postal desde París con su nueva dirección y que iba a estar en contacto con él. A César le encantó la iniciativa y le pidió que lo tuviera más o menos al día de las noticias que le contara Nguema. Camilo, al que el tono dulzón de la charla aún le venía grande, dijo que estaba encantado de haberlos conocido a todos, y que muy amigos y todo eso, y que ahora todo eran palabras bonitas pero que luego nadie se acordaba de nadie y que él, como no iba a recuperar las cuatro que le habían quedado, se iba a poner a trabajar de camarero en un bar de copas. Y cuando hablaba, miraba de reojo a Saimon como esperando apoyo y complicidad, pero Saimon lo escuchaba y lo miraba impasible. César le dijo a Camilo que le parecía muy respetable que se pusiera a trabajar y que si lo hacía en un bar de copas, muy probablemente le iba a servir alguna, *sin alcohol*, recalcó, hasta los dieciocho años, a algunos de sus compañeros de clase o de instituto y que ahora le parecía impensable, pero que en el futuro ya lo vería: iba a echar de menos esa etapa de estudiante.

Cuando ya se terminaba la clase, César abrió un sobre que le había pasado Maribel como tutora a cada uno de los profesores de cuarto curso. César desconocía el contenido, Maribel le había dicho que era una sorpresa, y vaya si lo fue. El sobre contenía una nota de Ángel dirigida a todos sus alumnos. En ella, les pedía perdón a todos por no haber podido estar con ellos más de la mitad del curso. Les decía que había necesitado desconectar ese tiempo, pero que se ponía otra vez las pilas a partir de septiembre y que esperaba verlos a la mayoría. Al terminar la escueta nota les regalaba, para una reflexión veraniega, decía, un poema titulado «Si...» del premio Nobel, el inglés nacido en Bombay, Rudyard Kipling.

Al terminar la lectura del poema de Kipling, hubo unos segundos de silencio absoluto, que de repente solo se atrevió a romper Saimon con una pregunta:

—Profe, ¿va a venir Ángel a la fiesta de final de curso del insti?

***

Y un año más, todos al pabellón de deportes, y como cada año, discurso del director, cena fría, actuaciones, discoteca móvil y baile con refrescos y alguna litrona que se colaba sin querer, cómo no. Pero esta fiesta iba a ser especial. Unos alumnos de bachillerato se trajeron un karaoke para vivir su momento *Objetivo Éxito* del año en clara alusión, medio en serio pero con toda la ironía del mundo, al fenómeno Lolita, que por supuesto iba a cantar aunque no quisiera. El discurso de Alonso para los alumnos fue un rollo. Habló de que con cada curso se iba una parte de él, que había intentado hacerlo lo mejor posible, que había sido un año muy especial, que tenía nuevos proyectos para el insti, que la administración no les daba dinero suficiente, que los que salían este año de segundo de bachillerato iban a tener una selectividad fantástica, que los que salían este año de cuarto se situaban en el inicio «serio» de sus estudios, recalcó, y a los que se irían a vivir su vida laboral fuera de aquella casa que siempre sería suya, les deseaba lo mejor.

La cena fría, en un alarde de originalidad de la asociación de madres y padres, consistía en patatas fritas, ganchitos, aceitunas rellenas, refrescos y bocadillos de chorizo, salchichón, queso, queso y jamón york y jamón del país. Una vez más, otro rollo, y encima sobraba de todo porque a los chicos lo que menos les interesaba de la fiesta era el discurso y la cena. Lo realmente interesante eran las confidencias, los besos deseados y aplazados desde el primer día de curso, el pavonearse los que llevaban el ligue puesto. Ahí, claro está, las estrellas de la fiesta eran Saimon, que llevaba a Lolita de amiga con derecho a roce, y Lolita, que según decían malintencionadamente, se había convertido en la tutora «con lengua» del perla de Saimon. La palabra novio o novia les parecía del siglo pasado. Se salía o no se salía con..., tenían o no algo con..., o simplemente a fulanito le iba fulanita, o viceversa, y en la fiesta todas las cartas se ponían sobre la mesa después de un año de intrigas de pasillo. Y luego estaba el compadreo con los profesores, con los «profes enrollaos», claro, como decían los alumnos, porque con otros nunca podrían hacerse ciertas bromas, bailar juntos o incluso beber a morro de la misma litrona.

Los llamados «enrollaos» ya estaban en el ojo del huracán, en medio de todo el mogollón de alumnos con ganas de pasarlo bien. Y aunque iban de fiesta, y realmente eran enrollaos, a nadie se le escapaba que seguían ejerciendo de profesores y que controlaban las situaciones. Porque la fiesta de final de curso también era un momento propicio para que aflorasen las rencillas, los celos, o hubiera éxtasis finales de euforia o de rabia, por lo bien o lo mal que les había ido el curso a unos u otros y, en consecuencia, las vacaciones de *puta madre* o de *mierda* que se iban a pegar. También eran conscientes, y sabían jugar ese papel, de que en medio de ese mogollón de adolescentes con las hormonas revolucionadas y el cerebro en plenas obras de reforma, ellos eran extraños en el contexto y el objeto de las ironías y los comentarios de todos los alumnos gozosos por una noche de cierta impunidad. «¿Habéis visto cómo baila Matías, el jefe de estudios? Parece un paleto de pueblo...» O «Fijaos cómo hablan Alonso y la de Inglés, esta noche se enrollan...» O «Vaya culo tiene la de Biología», o «Cómo traga Mariano, parece que no ha comido en días», y cosas así.

César hizo un corrillo con algunos y les dijo que había una sorpresa preparada en el escenario, y les pidió que cuando llegara Ángel, que ya no debía tardar pues había dicho que llegaría después de la cena, solo para el baile, lo recibieran como se merecía.

La sorpresa era el estreno mundial de un nuevo grupo musical integrado por alumnos de bachillerato, los Héroes del ruido, en clara alusión al primer grupo al que perteneció el mítico Enrique Bunbury. Se presentaron como grupo de rock metálico y estrenaron sus tres primeros temas. La introducción la hizo el vocalista, Adolfo Millán, el típico alumno que hasta ese día siempre hacía lo posible por pasar desapercibido:

—¡¡¡No sé si seremos tan importantes como Gabi Mendoza, el actor de la tele que salió de este insti, tampoco hemos tenido la suerte o la desgracia de ningún *Objetivo Éxito* pagado con los impuestos de nuestros viejos, por cierto Lolita, ¿dónde estás Lolita? —y la buscaba entre el público—, eres una caña, estamos orgullosos de ti y hoy vas a cantar con nosotros, quieras o no...!!! ¡¡¡Nosotros somos los Héroes del ruido y os aseguramos que vamos a hacerlo, y mucho, mucho ruido, como decía Sabina!!! Empezamos con este tema cañero titulado *Primer día de curso.*

Apuntaban maneras, pero de momento, hay que decirlo, solo hacían honor a su nombre más que otra cosa. En el tercer tema anunciaron, por indicación de Esmeralda, la llegada de Ángel, al que le pareció lógica la algarabía que se formó. El corrillo al que César le pidió que lo recibiera bien, no solo hizo eso, sino que lo mantearon literalmente entre los gritos de *oé, oé* de más de trescientos chicos y chicas.

Los Héroes del ruido habían preparado para el final de su actuación la música de *Monsoon,* un tema de Tokio Hotel que Lolita ya había cantado en una de las galas de *Objetivo Éxito.* Y claro, cuando lo anunciaron, un numeroso grupo de alumnos, especialmente chicas, entre las que iban Vanessa y Susana, llevaron a Lolita en volandas hasta el escenario. Saimon se quedó a un lado, en una de las bandas de la pista del pabellón, con cara seria y postura del duro de la película. Y Lolita cantó genial, como siempre, y se le ocurrió dedicar la canción a dos personas del insti, un profe, Ángel, y un alumno, Saimon, a los que les deseaba lo mejor. Se produjo un éxtasis colectivo ante tal declaración de intenciones mientras Esmeralda le decía al oído a su compañera Maribel que eran increíbles la inteligencia, la sensibilidad y el magnetismo de Lolita. Estaba segura de que la chica triunfaría en lo que se propusiera. Estaba llamada para el éxito y solo le quedaba la duda de que la relación con Saimon tuviera el mismo éxito, aunque lo deseaba con todas sus fuerzas. A media canción, Ángel ya había visto a Saimon y Saimon a Ángel. Para el profesor era sintomático que el alumno se acercara a saludarlo. Incluso en un alarde del conocimiento de su profesión y de los adolescentes, podría imaginar que Saimon, en el fondo, se moría de ganas, pero se lo impedía su sentimiento de culpa y su orgullo, así que decidió dar él el primer paso. Todos sus colegas congelaron su atención en aquel ansiado reencuentro.

—Buenas noches, Saimon, ¿qué tal? —le preguntó estrechándole la mano.

—Bien, me alegro de verte, pero ¿qué tal tú? Eras tú el que estabas chungo, ¿no?

—Sí, lo estaba. Y tú, ¿no lo estabas? Aquellos días sobre todo... —contestó Ángel desarmándolo con su pregunta.

—Pues sí, la verdad, pero ahora todo va mejor.

—Ya lo sé. ¿Sabes lo que pasa? Que en el fondo tú has sido más fuerte...

Quería dar por terminado el saludo con esas palabras, pero al girarse, y con un gesto de camaradería para no alargar más de la cuenta el diálogo, Saimon le dio las gracias.

—Profe, muchas gracias. Muchas gracias por lo de aquella noche, podrías haberme jodido bien si hubieras ido con la historia a la poli, y gracias por hablar con mi padre...

—No hay de qué, Saimon, sigue disfrutando.

Cuando Ángel se acercaba a sus colegas profesores iba emocionado por aquellas palabras de Saimon, pero no dijo nada, ni de la conversación, ni del nudo que llevaba en su garganta. No quería caer en sentimentalismos de final de curso, ni pasar por el héroe de la película sino todo lo contrario: quería y hasta ansiaba la puñetera normalidad. Pero César, que lo conocía muy bien, sabía leer en su mirada una satisfacción interior que lo hacía feliz.

Desde ese momento y hasta el final de la fiesta siguieron la diversión, las canciones, los bailes colectivos o en corrillos, los piques entre gallitos, las ausencias de parejas que salían a buscar rincones donde entregarse al descubrimiento del placer, las llamadas de atención de los profesores ante el abuso de las litronas hasta tener que confiscar algunas, las rondas de otros profesores por los aledaños del pabellón para controlar junto a la pareja de la policía municipal que todo seguía según las normas establecidas por el instituto y el ayuntamiento. Y poco a poco la fiesta fue diluyéndose, los más jóvenes se iban a sus casas, los grupitos de chicos de cuarto curso o de bachillerato se dispersaban por diferentes rincones del pueblo, o por los bares que aún estaban abiertos, como el imprescindible Truman. Saimon y Lolita iban ya por las afueras del pueblo, a contarse sus proyectos en una noche con luna como aquella otra que jamás olvidarían algunos. Y así lo hicieron entre besos y caricias y promesas, y solo Lolita conocería los miedos y los sueños de Saimon, solo a ella le contaría sus últimas decisiones, algunas de las cuales nadie más conocería hasta septiembre. Y a eso de las tres de la madrugada la acompañó hasta su casa.

Con la fiesta terminada, Ángel invitó a César a su casa, donde les esperaban Marta y Olga para tomar una última copa. Iban eufóricos, satisfechos como hacía tiempo no lo estaban y llegaron contándoles a sus mujeres el éxito de la fiesta, y sobre todo el éxito de la reaparición de Ángel, de la fantástica acogida y reacción de la inmensa mayoría de alumnos, del saludo de Ángel con todos ellos y en especial con Saimon. Y una vez hecho el parte, se escabulleron sigilosamente al jardín para buscar su intimidad de colegas y atar así algunos cabos sueltos. Ambos sabían cuáles eran esos cabos sueltos y fueron al grano haciendo tintinear los cubitos del *gin-tonic* en sus vasos de tubo. César entró rápidamente en materia. Le preguntó por el saludo con Saimon, en el pabellón, y Ángel se lo explicó con detalle y muy satisfecho. César le dijo que no le extrañaba porque, y quería que lo supiera, en su última clase, la única intervención de Saimon fue para preguntarle si Ángel pensaba ir a la fiesta de final de curso.

—Fue el mismo día en que leímos tu nota y el poema de Kipling, un gran detalle y un acierto por tu parte —le dijo.

Siguieron hablando de la evolución del curso, del grupo y de Saimon, de cómo entre todos habían conseguido que Saimon cambiara su actitud frente al mundo. De la evolución positiva de Ángel, cómo no. Y terminando de pasar revista al curso y sus protagonistas, ambos se preguntaban qué había tenido más importancia en la mejora de Saimon, si el empeño de los profesores y de él mismo, o el amor y la relación con Lolita. Y concluyeron en que el amor siempre y en definitiva era el protagonista. Dos tipos de amor distintos, el amor por la profesión y el amor de los adolescentes, pero amor al fin y al cabo. Se sirvieron otro *gin-tonic,* que quizás les dio ese punto de euforia necesario para atar los tres últimos cabos sueltos, el de la reunión con los padres de Saimon, el de lo ocurrido aquella noche de la desaparición, un tema que seguía pareciendo tabú, y la charla que Ángel tuvo con el padre de Saimon, de la que no habían hablado hasta entonces pero de la que César sabía algo a través de su mujer, Olga, porque Marta se la había contado por encima.

De la reunión, César le confesó que él se había salido un poco del protocolo previsto, pero que no se arrepentía porque si quedaba alguna duda, el padre se fue de allí con una idea clara: que los profesores estaban al día del ambiente familiar en el que vivía Saimon y que estaban con él y confiaban en él. Ángel lo aplaudió y le dijo que, efectivamente, a veces era necesario que alguien le plantara cara a gente tan poco racional como el padre de Saimon, un tipo que, sin duda, quería a su hijo, aunque no tenía los recursos intelectuales, la paciencia y la sensibilidad, quizás por un orgullo dañino, para demostrárselo.

Después, ambos se quedaron mirándose unos segundos en silencio y, sin necesidad de añadir una sola palabra, Ángel entró como un torbellino en el misterio de aquella noche negra.

—Mira, César, seguramente pensarías muchas veces que no fui justo al ocultarte lo que ocurrió, que no merecías mi hermetismo con lo que estabas ayudándome y probablemente tendrías razón. Pero eso no quita que yo tuviera mis razones. Que me bloqueaba al pensar en ello, que era incapaz en aquellos momentos de verbalizar los hechos, o seguramente algo más sencillo que todo eso: que no conté nada a nadie por proteger a Saimon.

—Bueno, por mí, no te preocupes, siempre me hice cargo de que no debía de ser fácil para ti y, en cualquier caso, tenía que respetar tu voluntad, estaba el psicólogo...

—¿El psicólogo? Puro trámite. No me hizo mal, pero tampoco me sirvió de gran cosa. Si no hubiera sido por Marta, por ti y Olga, por Esmeralda y algún otro colega, hoy no estaría mejor. También por los saludos de algunos chicos los pocos días que salí a la calle... No, no hubiera superado aquel bache. Bueno, ya te he pedido perdón.

—Sí, pero aún no me has dicho qué quieres decir con eso de proteger a Saimon ni qué narices pasó todo un día y toda una noche hasta que te encontré a las cuatro de la madrugada en el estado en que te encontré.

—Era ya de noche, me fui a la estación de trenes, hacía mucho frío, la estación estaba desierta y me senté en el último banco del andén. De repente, llegó un tren y de él bajaron Saimon y aquellos amigos mayores con los que salía entonces. Seguramente venían de la ciudad. Me giré para que no me vieran pero, claro, a esas horas, un hombre solo, sentado al final de todo, les llamó la atención. Uno de sus amigos me reconoció y se acercaron, eran Saimon y cuatro más. Iban borrachos todos. Empezaron a insultarme, a llamarme de todo, bueno, Saimon no, él callaba. Uno de sus acompañantes incluso me golpeó en el pecho y me escupió a la cara. Fue humillante. Me sentí la mierda más grande del mundo. Supongo que por culpa de ir bebidos y seguramente fumados, Saimon en un impulso chulesco, porque no querría parecer menos fuerte ante sus colegas, se me encaró y sencillamente me dijo: «Si tuvieras cojones, te tirabas a las vías». Después añadió «Vámonos, que solo me faltaba encontrarme a este», y se alejaron tambaleantes y felicitando sus amigotes a Saimon por lo que me había dicho. Después me tiré allí un buen rato más, muerto de miedo, mirando el brillo de los raíles, acercándome a un palmo de la vía. Me da vergüenza decirlo, pensaba que si era capaz de dejarme caer cuando pasara un tren, con ello iba a cambiar la vida de Saimon, fíjate qué idiotez. No entiendo cómo pude estar tan cerca de algo tan absurdo y tan irracional. Hasta qué punto el cansancio, la debilidad, el miedo o lo que fuera me hacían pensar o, mejor dicho, no pensar, en lo que estaba ocurriendo. Porque no tenía a nadie en mente, ni a mi familia, ni a vosotros, a nadie. Solo una lucha tenía lugar en mi cabeza: ser más fuerte que Saimon y ser más fuerte podía ser acabar con todo. No he dejado de avergonzarme cada día y te aseguro que no volveré a perder el control de esa manera. Afortunadamente no pasó ningún tren durante ese tiempo, que yo creo que fue como una media hora, pero que duró una eternidad. Afortunadamente una fuerza superior me hizo darme la vuelta, salir de la estación e irme al mirador con una botella de ginebra bajo el brazo. Otra idiotez por mi parte. La verdad es que cuando te vi de madrugada, volví a la realidad. Todo este tiempo me ha servido para analizar lo ocurrido y cantarme las cuarenta a mí mismo cada día, agarrarme a la vida y a todo lo bueno que me rodea. He llegado a muchas conclusiones y una de ellas es que nosotros podemos ayudar a los chicos, pero al final, sus vidas son suyas y de sus familias. Si somos capaces de darles buenos modelos frente a la vida, ya habremos hecho más de lo que la profesión nos exige. Y a eso me voy a dedicar. No sigo porque te voy a estropear la noche.

César lo escuchó atónito y en silencio, y le agradeció el relato. Le prometió que ese secreto quedaría siempre entre ellos, que se sentía orgulloso de él y que estaba convencido de que él, desde la distancia, le había dado la lección más sólida a Saimon. Y después le preguntó por la conversación con el padre de Saimon.

—Bueno, eso no lo preparé, me lo encontré por la calle, yo lo conocía a él, él a mí, no, y como sabía que habíais tenido la reunión aquella me atreví a soltarle mi rollo...

—¿Y qué rollo fue ese?

—Pues imagínate, ese tipo es un pobre hombre que no tuvo oportunidades en la vida, un bruto con los sentimientos cerrados a cal y canto, y al final conseguí hacerle pensar en algo simple y universal...

—¿Y?

—Pues en una ley de vida que aceptó sin rechistar. Que seguramente sus padres quisieron para él lo que todos los padres del mundo quieren para sus hijos: que acaben siendo mejores que uno mismo. Y me dio las gracias por la idea estrechándome la mano. Nada más.

CAPÍTULO 12

OTRA VEZ SEPTIEMBRE

Septiembre llegaba siempre con su algarabía de reencuentros y de nuevas ilusiones, y de pequeñas o grandes novedades, y todo ello se diluía apenas el curso alcanzaba la primera semana de rodaje necesario. Algunos se habían visto de vez en cuando por el barrio, otros habían hecho viajes menos extraordinarios de lo que contaban, y la mayoría había pasado las vacaciones en el pueblo de los padres, un clásico, por diferentes lugares de la geografía española. Unos llegaban con el pelo mucho más corto, otros, mucho más largo; algunos estrenaban nuevo *piercing* o el último modelo de teléfono móvil. Y luego estaban los pequeños cambios físicos, algo más de pelusilla en el bigote o más barba los chicos, alguna talla más de sujetador las chicas. Los profesores eran iguales a ojos de los alumnos, aunque siempre había alguno nuevo al inicio de curso y estos iban a ser el objeto de las primeras bromas, estrategias de acercamiento o pequeñas novatadas por parte de los alumnos mayores.

Septiembre no dejaba de ser una prolongación del curso anterior y solo el purgatorio de los exámenes de recuperación marcaba la configuración final de los grupos, del mapa humano que iba a ser el nuevo curso. Unos desistían y se descolgaban al menos temporalmente de ese sueño dorado y, para muchos, utópico, de los estudios, los que suponían que les iban a ofrecer un futuro prometedor. Otros, sencillamente, seguían abonando el sueño con su esfuerzo y otros, los que no habían dudado un segundo, ya no aparecían porque iban a estrenarse en el precario mercado laboral del idealizado mundo de los adultos.

En el instituto el equipo directivo seguía siendo el mismo, a Alonso y Matías aún les quedaba un año en el cargo. César renovaba su papel de mediador, vista la experiencia positiva del curso pasado; Esmeralda también, pues se había convertido en alguien casi insustituible, y Margarita pidió traslado, y se lo concedieron, a un instituto antiguo de la gran ciudad donde creía que iba a encontrar un ambiente de estudio y disciplina mejores. Ángel, totalmente recuperado, reaparecía con la ilusión y la responsabilidad nada menos que de ser tutor de cuarto.

Los chicos de primero, como cada año, llegaban con todo el repertorio posible de disparidades físicas. Unos, muy niños, aún bajitos, con flequillo y mofletes sonrosados, cargando mochilas, algunas todavía de muñequitos, y otros, larguiruchos, medio metro más altos que los primeros, desgarbados, aunque compartiendo la misma expresión de miedo y sorpresa. Otros ya apuntaban maneras de incipientes gallitos, con la mirada insolente y atrevida de quien no teme a nada ni a nadie. Y todos, en general, iban en manadas, arrastrando un sordo jaleo ahogado de inmediato cuando algún profesor les llamaba la atención, o los grupos de segundo y tercero, porque los de cuarto ya apenas les hacían caso, los intimidaban con su ostentación de poder y su pose de veteranos.

Lolita, ese verano, actuó en varias fiestas mayores de algunos pueblos grandes de la provincia. Y estuvo de vacaciones en Madrid con sus padres. Fueron a disfrutar de los musicales de la Gran Vía y alguna obra de teatro. En las calles de Madrid, sintió una mezcla de vergüenza y vanidad al ser reconocida por algunos chicos y chicas de su edad y en la salida de un teatro firmó algún autógrafo. Lolita inició el curso matriculándose en un primero de bachillerato científico y, cada vez más, sentía que la música era únicamente un pasatiempo y lo de *Objetivo Éxito,* un sueño del pasado. Quería dedicarse a la medicina. Durante esas vacaciones no vio a Saimon prácticamente en todo el mes de agosto, aunque se llamaron a menudo por teléfono, y le trajo de Madrid unos guantes especiales de motorista como regalo.

Saimon no tuvo vacaciones, o lo que se entiende por unas clásicas vacaciones, aunque guardaría un buen recuerdo del verano. Convenció a Faustino, el dueño del taller de motos de su barrio, para que le dejara aprender algo del oficio de mecánico desde el mes de julio, haciendo de aprendiz, ayudándolo en alguna cosa a cambio de cuya dedicación Faustino le pagó un sueldo simbólico. Durante la primera quincena de agosto, sin demasiado entusiasmo, más bien obligado por su autoritario padre, acompañó a este en el camión en algunos portes que tuvo que cubrir por el sur de la Península. Su padre, en un gesto de orgullo paterno y de patrón mal disimulados también le dio algún dinero por ayudarlo. Así, con lo que pudo reunir, sus padres le dejaron quedarse solo en casa la última semana de agosto mientras ellos se fueron al pueblo. Fue un síntoma de confianza que jamás hubiera imaginado unos meses atrás. Saimon empezó a sentirse adulto, y le gustaba esa sensación. Los últimos quince días de agosto, al principio con mucha pereza y poco a poco consiguiendo una mínima autodisciplina que también lo haría sentir mejor, más seguro de sí mismo, dedicó las mañanas a estudiar. Tenía que recuperar cuatro asignaturas, Lolita lo convenció para que se esforzara en aprobarlo todo, y él sentía como un sueño imposible conseguirlo para matricularse con ella en bachillerato. Pero él no valía para eso, se arrepentía de haber perdido el tiempo y solo pretendía aprobar la ESO y aprender un oficio, incluso estudiarlo en formación profesional, dijera lo que dijera su padre.

Fue un verano marcado por la esperanza y los sueños.

***

César y Ángel compartieron con sus mujeres Olga y Marta una casa rural la última semana de agosto. Hablaron horas y horas dando largos paseos por el monte y en medio de ese clima de paz tuvieron la convicción de que el curso pasado, con la baja de Ángel como epicentro de todo, era ya una etapa superada. Y empezaron a hablar del nuevo curso, como cada año. Un nuevo curso, otra vez septiembre, casi ya veinte septiembres desde que iniciaron la profesión de enseñar Geografía e Historia. Les sorprendía aunque lo celebraban, que a pesar de todo volvían a tener ganas de hacer cosas nuevas, y la ilusión por contagiar el gusanillo de la cultura y la historia a sus alumnos. Esa ilusión podía convertirse en un premio si realmente conseguían el objetivo con cuatro alumnos, al mismo tiempo que sabían que iban a seguir teniendo alumnos zoquetes, maleducados, que les plantarían cara y se negarían a todo. Formaba parte del juego pero, a pesar de todo, ellos también tenían esa ilusión adolescente por estrenar libreta y libros de texto nuevos.

Y el último sábado antes del primer día de instituto, cenando en casa de Ángel, hablaron por primera vez en todo el verano de Saimon. No sabían nada de él, nada de lo que había estado haciendo esos dos meses. Se hicieron una apuesta en una conversación, quizás pretendidamente convencional e intrascendente. César estaba seguro de que Saimon ni siquiera iba a presentarse a los exámenes de recuperación y se iba a poner a trabajar con su padre. En realidad, creía que ya no iban a volver a verlo por el instituto. Ángel, sin embargo, no sabía explicar por qué, estaba seguro de que iba a presentarse a los cuatro exámenes con la intención de seguir estudiando. No lo dijo, pero en su interior creía, o quería pensar, que Saimon tenía una deuda con él, era una sensación vanidosa, seguramente, porque también jugaba mucho a favor de esa idea la relación de Saimon con Lolita, pero era así. Y tampoco sabía aún si esa convicción le proporcionaba más temor que placer.

***

Llegó la semana de los exámenes de recuperación, y pasó rápidamente dejando atrás su rastro de tensiones y mal humor. El lunes siguiente, a una semana del inicio del curso, se colgaban en los tablones de anuncios del vestíbulo de entrada los resultados de dichos exámenes y de ahí, todos iban pasando por secretaría, unos para matricularse en el nuevo curso y otros para solicitar el título de graduado en enseñanza secundaria obligatoria y abandonar los estudios para buscarse un trabajo, lo que no iba a ser nada fácil en medio de la crisis económica que vivía el país, con una tasa de paro que crecía año tras año.

Saimon preguntó por Matías en secretaría. Quería hablar con él antes de mover ningún papel. Esperó unos minutos hasta que el jefe de estudios lo hizo pasar a su despacho.

—Bueno, Saimon, ya he visto tus notas, te felicito por el esfuerzo. Has aprobado la Historia.

—Sí, claro, y me quedan Mates, Lengua e Inglés.

—De acuerdo, pero prefiero quedarme con lo bueno, aquí no se regalan las notas y haber aprobado una está bien, algunos compañeros tuyos están como tú y otros que parecía que iban a sacar todo el curso, peor.

—Me da igual, yo vengo a hablar de mí.

—Pues por el resguardo para el graduado en secundaria, o un documento conforme has estudiado en el centro aunque no hayas terminado la etapa, no te preocupes, mañana lo puedes tener. Tú querías trabajar, ¿no? Y me han dicho por ahí que este verano ya lo has hecho, en las motos, lo que te gusta... También te felicito por eso. Has madurado muchísimo.

—Hay más opciones, *jefe*. Ahora podría haber aquí algún profesor de los que me han suspendido para no volver a verme, intentándome convencer de que siga y repita el curso... por ejemplo.

—No digas eso, Saimon, ningún profesor suspende a nadie si no lo merece, es una acusación muy grave. ¿Quieres revisar los exámenes? ¿Quieres hablar con Adela?

—No, gracias, no es eso lo que quiero. Lo que quiero es tomar una decisión yo solo por primera vez en mi vida.

—¿Y cuál es esa decisión?

—No lo sé, aún no estoy seguro. ¿Puedo volver el viernes y te lo digo?

—Claro, no hay ningún problema, sea lo que sea estamos a tiempo de hacer una cosa u otra. Quedamos el viernes a la misma hora y lo hablamos con tu tutor.

—¿Es necesario?

—No, pero antes decías que...

—Ya, pero tome la decisión que tome es mía y estoy en mi derecho, ¿no?

—Sí, claro.

—Pues entonces lo arreglamos entre tú y yo. Voy a meditarlo y el viernes te lo cuento.

—Vale, Saimon, quedamos así.

—Bueno, antes quiero pedirte un favor.

—Dime.

—Decida lo que decida, me gustaría que colgaras esto en el vestíbulo del insti —dijo Saimon sacando un papelito del bolsillo de su camisa.

—¿Qué es?

—Un texto de Sócrates.

—¿De Sócrates? ¿Y desde cuándo te interesas tú por los filósofos?

—No tengo ni idea, y no me interesan. Lo que pasa es que este verano, mientras estudiaba, me puse a navegar por Internet. Bueno, y navegando, como dice Alonso, acabé derrapando por Internet y encontré este fragmento.

—¿Puedo verlo?

—Sí, pero quiero que lo cuelgues en un sitio que sea vea bien —insistió Saimon alargando el papel a Matías, que lo leyó en un minuto.

—Está bien, es una bonita reflexión, ¿pero por qué quieres que cuelgue esto?

—Pues si quieres que te diga la verdad, aún no lo sé muy bien. Supongo que estoy cansado de ser un pardillo, de que todo el mundo me señale como el típico *pringao* que va a fracasar en la vida y si la gente sabe que esto lo he colgado yo, dejaré algún recuerdo chulo entre los demás. No quiero pasar sin pena ni gloria por el insti, quiero dejar algo bueno, aunque solo sea este papelote. Un buen recuerdo.

—Pero estás hablando como si hubieras decidido ya marcharte...

—Bueno, sea como sea un día dejaremos el insti, ¿no? Entonces sí que ya no habrá vuelta atrás. Ahora aún vale la pena hacer algo.

Saimon se levantó rápidamente, no estaba acostumbrado a tener ese tipo de conversaciones con sus profesores y quería irse antes de arrepentirse de todo. Matías lo felicitó por la idea y por su actitud, y le dijo que fuera como fuera para él ya había empezado a madurar positivamente. El texto decía así:

Nuestros jóvenes de ahora aman el lujo, tienen pésimos modales y desdeñan la autoridad; muestran poco respeto por sus superiores y prefieren la conversación insulsa al ejercicio; los muchachos son ahora los tiranos y no los siervos de sus hogares: ya no se levantan cuando alguien entra en la casa; no respetan a los padres, conversan entre sí cuando están en compañía de los mayores, devoran la comida y tiranizan a sus maestros.

Sócrates, siglo IV antes de Cristo.

***

El primer día del nuevo curso vino acompañado de un cielo nublado que a ratos amenazaba lluvia y a ratos ofrecía treguas de bonanza en forma de rayos de luz colándose entre las nubes. La temperatura de todos modos era la propia de un verano camino de su desenlace.

Los alumnos entraban en masa en el vestíbulo, desordenadamente a pesar de la voluntad de Paco el conserje, de Matías y los tutores respectivos por mantener un mínimo orden. Los chicos de primer curso miraban las listas para ver a qué grupo habían sido asignados. Una vez tenían la información, unos saltaban de alegría y se abrazaban y otros se quejaban si habían sido separados de sus mejores amigos. Los del resto de cursos no tenían más novedad que celebrar o quejarse del tutor que les había tocado, comprobar si había algún improbable repetidor y, sobre todo, si había algún alumno nuevo en quien volcar sus bromas y novatadas.

Ángel, lógicamente, ya tenía los listados completos de los alumnos que iba a tener este curso. Un grupo de primero de bachillerato, uno de tercero y otro de cuarto del que, además, iba a ser el tutor. Y con estos empezaba la primera clase, como el resto de tutores en sus grupos asignados. Cuando comenzaba a despejarse el vestíbulo y la marabunta adolescente iba dispersándose hacia las aulas, y el rumor iba diluyéndose hasta dar paso a un silencio casi remoto, Ángel, todavía junto a la puerta principal del instituto, miró el reloj grande y redondo que presidía la entrada. Marcaba las nueve y cinco minutos, respiró profundamente y se dirigió al aula de cuarto B.

Iba tranquilo, con paso decidido, y como tantos otros cursos, tenía muy claro cuáles iban a ser sus primeras palabras. Al mismo tiempo, sentía ese cosquilleo en la boca del estómago de cada inicio de curso, un curso que sabía ya, antes de empezarlo, iba a ser muy especial, quizás como todos, pero seguramente muy especial en un sentido muy diferente al que lo había sido el curso anterior. Para olvidarlo, necesitaba entrar en el aula ese primer día, cerrar la puerta a su espalda e iniciar una nueva aventura. Y poner en práctica todas sus habilidades con el fin de contribuir en un mejor futuro para sus alumnos.

—Buenos días. Bienvenidos al nuevo curso. Este año voy a ser vuestro tutor. Aquí nos conocemos todos y sabéis que el curso pasado estuve muchos meses de baja y no pude terminarlo, pero os advierto, toco madera, que este curso lo voy a hacer enterito, no voy a faltar ni un solo día si los resfriados y la gripe me lo permiten, así que vamos a pasar muchas horas juntos. Ya conocéis también las normas de funcionamiento interno del instituto. José, apaga el teléfono y guárdalo en tu mochila..., y sabed que voy a respetarlas escrupulosamente. Eso no quiere decir que si alguna vez creéis que una norma puede ser modificada, para mejorar, no podáis proponerlo con argumentos y discutir el cambio. En este caso, y como ejemplo, yo voy a ser el primero en proponer un cambio de norma: el de la elección del delegado de curso. Normalmente, los alumnos hacéis una lista de candidatos y solo vosotros votáis al candidato que creéis que os va a representar mejor.

»Pues bien, este curso voy a ser yo quien proponga a un candidato único. Al mayor de la clase, el único alumno, por voluntad propia, repetidor. Todos lo conocéis ya, su nombre es Simón Ibáñez, pero todos le llamamos Saimon.

JORGE GAMERO

Nació en Barcelona. Licenciado en Filología Románica, trabajó cuatro años como profesor de secundaria. Ya en el sector editorial fue delegado de ventas durante quince años y, en la actualidad, es jefe de producto de enseñanzas medias en la línea de textos educativos.

En 2005 publicó un libro de relatos para adultos, *El leedor fósil* (Barcelona, March Editor).

En febrero de 2012 la compañía de teatro Porta4 de Barcelona representó una selección de cuentos de *El leedor fósil* y de *Las tres caras de la moneda* (libro de relatos todavía inédito), adaptados por él mismo.

Simón, no; Saimon es su primera novela juvenil.

Otros títulos de Serie Roja

Manuel L. Alonso
No mires la luna a través del cristal
Las pelirrojas traen mala suerte

Javier Alfaya
Una luz en la marisma

Blanca Álvarez
Ópalo

Julio Cortázar
Casa tomada y otros cuentos

José Antonio Cotrina
La casa de la colina Negra

Eloy M. Cebrián
Bajo la fría luz de octubre

Roald Dahl
Volando solo

Heinz Delam
La sima del Diablo

Pablo De Santis
El buscador de finales

Cecilia Domínguez
Los niños de la lata de tomate

Marie Féraud
Anne aquí, Sélima allí

Andrea Ferrari
El camino de Sherlock

Ramón Fonseca
Ojitos de ángel

Jorge Gamero
Simón, no; Saimon

Joan Manuel Gisbert
Los armarios negros

Marie Hagemann
Lobo negro, un skin

Susan E. Hinton
La ley de la calle
Rebeldes

Jaime Homar
Paloma

Fernando Iwasaki
Libro de mal amor

Klaus Kordon
Como saliva en la arena

Fernando Lalana
La muerte del cisne

F. Lalana y J. M. Almárcegui
Los cañones de Zaragoza
Los hijos del trueno

JOSÉ Mª LATORRE
El palacio de la noche eterna
La profecía del Abad Negro

LUIS LEANTE
Rebelión en Nueva Granada

ELVIRA LINDO
El otro barrio

ANDREU MARTÍN Y JAUME RIBERA
No pidas sardina fuera de temporada

ANTONIO MARTÍNEZ MENCHÉN
La espada y la rosa

MARINA MAYORAL
¿Quién mató a Inmaculada de Silva?

JOSÉ MARÍA MERINO
Las lágrimas del sol
El oro de los sueños
La tierra del tiempo perdido

JAVIER MARÍAS
Travesía del horizonte

STEPHENIE MEYER
Crepúsculo

RODRIGO MUÑOZ AVIA
Lo que no sabemos
La jaula de los gorilas

NAOMI NOVIK
El Dragón de su Majestad

SALLY PRUE
La isla de las salamandras

MANUEL RIVAS
Cuentos de un invierno
El lápiz del carpintero

JAVIER RUESCAS
Tempus Fugit. Ladrones de almas

JORDI SIERRA I FABRA
Lágrimas de sangre
Las Chicas de Alambre
Noche de viernes
Nunca seremos estrellas del rock
La nueva tierra

SUSO DE TORO
Cuenta saldada

JENNY VALENTINE
Sopa Rota

MARIO VARGAS LLOSA
Los jefes y los cachorros

CÉSAR VIDAL
La leyenda de Al-Qit
El último tren a Zúrich

CLÁSICOS

ANÓNIMO
Cantar de Mío Cid
El Lazarillo de Tormes

Gustavo Adolfo Bécquer
Rimas y Leyedas

Calderón de la Barca
La vida es sueño

Miguel Mihura
Tres sombreros de copa

Francisco de Quevedo
El Buscón

Robert L. Stevenson
El extraño caso del Dr. Jekyll y Mr. Hide

José Zorrilla
Don Juan Tenorio

ANTOLOGÍAS

Los mejores relatos de Roald Dahl

Relatos escalofriantes de Roald Dahl

Los mejores relatos de ciencia ficción

Los mejores relatos españoles del siglo XX

Los mejores relatos latinoamericanos

Los mejores relatos de terror

Los mejores relatos fantasmagóricos

Los mejores relatos de terror llevados al cine

POESÍA

Raíz de amor

Antonio Machado. Antología poética

Ángel González. Antología de poesía para jóvenes

ARTURO PÉREZ-REVERTE

El capitán Alatriste

La sombra del águila

ESTE LIBRO SE TERMINÓ DE IMPRIMIR EN
LOS TALLERES GRÁFICOS DE RÓGAR, S. A.,
NAVALCARNERO (MADRID), EN EL MES
DE ABRIL DE 2012